30

connaissance
D'UNE ŒUVRE

Émile Zola

LA CURÉE

W0239347

Colette BECKER
PROFESSEUR À L'UNIVERSITÉ DE PARIS X-NANTERRE
Véronique LAVIELLE

Bréal éditions
1, rue de Rome - 93561 Rosny Cedex

DANGER
LE PHOTOCOPILLAGE TUE LE LIVRE

© BRÉAL 1999.
Toute reproduction même partielle interdite.
Dépôt légal : août 1999.
ISBN 2 84291 462 7

AVANT-PROPOS

En 1872, lorsque *La Curée* paraît en volume, Zola est encore un jeune homme, enthousiaste et généreux. Il a connu des années très difficiles. Il vit de sa plume, mais il n'est pas encore célèbre et vend peu. Il veut imposer une esthétique nouvelle, il considère le roman comme une entreprise d'analyse, d'explication et de dévoilement des mécanismes sociaux et des individus, alors que la période est à l'ordre moral. Républicain convaincu, il ne cesse de critiquer un régime qui accroît, de manière scandaleuse, la richesse des uns et la misère des autres.

C'est tout cela, attitude et idées, qu'on retrouve dans *La Curée*. Le roman est d'abord une œuvre **polémique**. Zola utilise toutes les ressources de l'écriture pour imposer, d'emblée, au lecteur, sa vision d'un régime de profiteurs, sans racines, sans légitimité, sans scrupules.

La Curée est aussi un roman de la **femme**. Renée est l'une des plus belle créations féminines de Zola, un personnage à la psychologie complexe et moderne. Si elle a pu faire scandale à l'époque de la publication de l'œuvre, par son comportement et son désir de liberté, c'est que Zola, par-delà ses propres peurs et ses réticences devant la femme et la sexualité, a des intuitions très novatrices.

Fervent partisan du progrès, il voudrait l'établissement d'une société plus juste, dans laquelle l'individu, homme ou femme, pourrait se développer.

Nous renvoyons à l'édition Garnier-Flammarion.

Les auteurs.

SOMMAIRE

I

REPÈRES

1 - CONTEXTE HISTORIQUE

■ Une histoire naturelle et sociale du Second Empire

> « *La Curée* n'est pas une œuvre isolée, elle tient à un grand ensemble, elle n'est qu'une phrase musicale de la vaste symphonie que je rêve. Je veux écrire l'"Histoire naturelle et sociale d'une famille sous le second Empire". Le premier épisode, *La Fortune des Rougon*, qui vient de paraître en volume, raconte le coup d'État, le viol brutal de la France. Les autres épisodes seront des tableaux de mœurs pris dans tous les mondes, racontant la politique du règne, ses finances, ses tribunaux, ses casernes, ses églises, ses institutions de corruption publique. (...) Pendant trois années j'avais rassemblé des documents, et ce qui dominait, ce que je trouvais sans cesse devant moi, c'étaient les faits orduriers, les aventures incroyables de honte et de folie, l'argent volé et les femmes vendues. Cette note de l'or et de la chair, cette note du ruissellement des millions et du bruit grandissant des origines, sonnait si haut et si continuellement, que je me décidai à la donner. »

Dans cette lettre au directeur du journal où *La Curée* paraît en feuilleton, Zola définit à la fois le cadre de son œuvre et la façon dont il entend traiter sa matière (*La Cloche*, 8 novembre 1871).

■ La prise du pouvoir par Louis-Napoléon Bonaparte

Neveu de Napoléon Ier, Louis-Napoléon Bonaparte a été élu président de la République en décembre 1848. La Constitution ne lui permet pas de briguer un second mandat. Ayant échoué à faire réformer la loi par l'Assemblée, il organise, en 1851, avec ses amis du « parti de l'Élysée », un coup d'État dont la date est symbolique : le 2 décembre est l'anniversaire du sacre de Napoléon Ier et de la victoire d'Austerlitz. Par voie d'affiches, il proclame la dissolution de l'Assemblée et l'annulation de la loi électorale en vigueur. Morny, son demi-frère, s'empare du ministère de l'Intérieur. Des troupes sont massivement répandues dans Paris. Un certain nombre d'opposants éventuels sont arrêtés au petit matin, civils et militaires, républicains et royalistes.

Le 3 décembre, les républicains commencent à élever quelques barricades à Paris. Louis-Napoléon laisse l'agitation se développer car elle n'a guère d'armes. Au début de l'après-midi du 4 décembre, boulevard Bonne-Nouvelle, une colonne de soldats réplique à quelques tirs isolés par une fusillade intense sur la foule qui comprend un grand nombre de promeneurs. Il y a plusieurs centaines de victimes. Le 5, le calme revient dans la capitale terrorisée.

La nouvelle du coup d'État cause une certaine agitation en province, principalement dans le Centre et le Midi. La résistance est rapidement maîtrisée par l'armée et le personnel politique partisan de Napoléon.

La répression de toute opposition est massive, violente et expéditive. En février 1852 sont créées les commissions mixtes. Zola y fera allusion dans *La Curée* (chap. II, p. 97). Composées, dans chaque département, du préfet, du général commandant la force armée et d'un magistrat du Parquet, elles bafouent le principe de la séparation des pouvoirs : l'indépendance de la magistrature par rapport au pouvoir politique. Leur procédure est sommaire : elles tranchent sans débat, après une rapide instruction, sans entendre les avocats de la défense et sans possibilité d'appel. Les déportations (en Algérie ou à Cayenne), les emprisonnements, les proscriptions (dont celle de Victor Hugo) se comptent par milliers.

Louis-Napoléon, qui a joué sur la faiblesse du mouvement républicain et la crainte des désordres, est accepté par une opinion publique plus résignée qu'enthousiaste. La large approbation du plébiscite des 21 et 22 décembre lui donne la possibilité de faire une nouvelle Constitution qui concentre tous les pouvoirs entre ses mains. Après le triomphe du plébiscite proposant de rétablir l'Empire, celui-ci est proclamé le 2 décembre 1852. Napoléon III se fait accorder par la même occasion le droit de décider par lui-même la conclusion des traités de commerce et la mise en train des travaux publics.

▪ Les travaux d'Haussmann

Napoléon III veut faire de Paris la capitale de l'Europe. Il y voit le moyen d'assurer sa popularité et son prestige en assurant du travail aux ouvriers, en améliorant les conditions de vie quotidienne, en développant le luxe et les lieux de plaisir. Autre objectif moins avouable : la rectification des rues parisiennes étroites et tortueuses favorise l'action de l'armée en cas d'émeute. Le peuple sera ainsi « mieux portant et plus soumis ».

Le développement de l'industrie, du commerce, des chemins de fer contribue, avec le désir du confort et des distractions, à attirer les ruraux vers la capitale et à en modifier la physionomie.

L'artisan de la transformation du paysage urbain parisien est l'Alsacien Haussmann, préfet de la Seine de 1853 à 1870. Il est entouré, notamment, de l'architecte Belgrand et de l'ingénieur Alphand.

En 1850, Paris demeure, à bien des égards, une cité du Moyen Âge. Elle comprend douze arrondissements (voir plan p. 12). De grands monuments comme Notre-Dame de Paris, le Louvre, l'Hôtel de Ville sont noyés dans des quartiers vétustes et insalubres. En quelque vingt ans, la ville va être totalement transformée. Il y aura trois réseaux, c'est-à-dire trois ensembles de grands travaux, que l'Empereur inspire (voir dans *La Curée*, chap. II, p. 108).

La première tranche s'effectue de 1852 à 1855. Elle a pour objet le percement d'une grande croisée Nord-Sud/Est-Ouest, dégageant les quartiers du centre de Paris. Sont ainsi aménagés la rue de Rivoli jusqu'à l'Hôtel de Ville, le boulevard Sébastopol et le boulevard Saint-Michel. Les travaux, d'un coût total de 272 millions de francs, sont financés par des emprunts et, le plus souvent, confiés à des sociétés privées.

Le second réseau vise à relier les nouveaux quartiers de Paris aux gares. En effet, en 1860, Paris annexe les communes périphériques situées entre le Mur des fermiers généraux et les fortifications de Thiers (situées à l'emplacement des actuels boulevards extérieurs). Sont percés, notamment, les boulevards Magenta, Haussmann, Malesherbes, Saint-Marcel, Arago, Prince-Eugène (actuel boulevard Voltaire), les rues de Rennes, La Fayette, Auber. Les travaux durent au-delà de la chute de l'Empire, ils coûtent 410 millions de francs. Ces deux réseaux sont évoqués par Saccard dans *La Curée* (chap. II, p. 106).

Le troisième réseau parachève les deux premiers. Il développe également un système d'assainissement (égouts, eau potable). Il provoque des démolitions colossales. La Ville de Paris l'entreprend sans en avoir assuré le financement, ce qui entraîne de grandes difficultés financières. Devant les critiques de plus en plus vives, notamment celles de Jules Ferry, Haussmann doit démissionner en janvier 1870. On dénonce l'énormité des dépenses, les spéculations sur les expropriations, la ségrégation sociale provoquée par les démolitions et la hausse des loyers : les ouvriers et les artisans qui habitaient dans la ville doivent partir dans ses faubourgs (voir dans *La Curée*, chap. VII, p. 296-299).

Au total, près de 100 km de voies nouvelles sont réalisés, 25 000 maisons détruites, 70 000 bâties (alimentées en eau et en gaz, ce qui est tout à fait nouveau). Le palais du Louvre est prolongé, la cathédrale Notre-Dame est dotée de son parvis, de nouveaux ponts sont jetés sur la Seine, de nombreux édifices utilitaires sont construits : Halles centrales (évoquées par Zola dans *Le Ventre de Paris*), marchés, mairies,.. Un nouvel opéra est mis en chantier, sous la direction de l'architecte Garnier. À l'ouest et à l'est de Paris, on aménage deux grands espaces verts, le Bois de Boulogne et le Bois de Vincennes, l'un aristocratique, l'autre populaire. Les parcs Monceau, Montsouris, des Buttes-Chaumont s'ornent de pièces d'eau, de rocailles et d'imitations de ruines antiques.

■ La fête impériale

Soucieux, donc, de son prestige, Napoléon III organise une vie de cour brillante, à Paris, au Palais des

a / Limites administratives de la ville et de ses arrondissements avant et après 1860

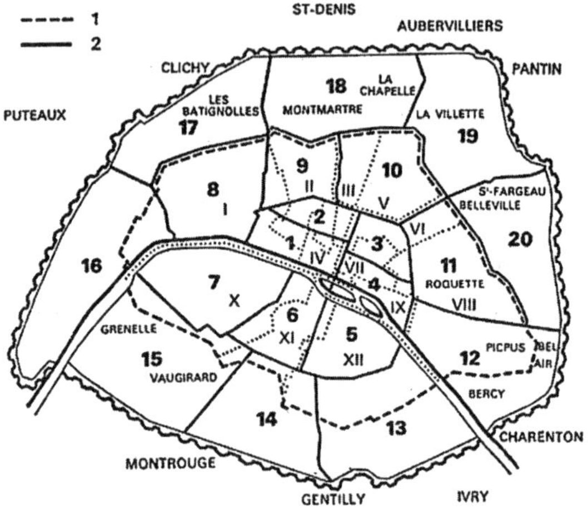

1 : Paris avant 1860. — 2 : Paris après 1860
Les chiffres romains indiquent les arrondissements antérieurs à 1860

---

b / Les grandes percées haussmanniennes de 1855 à 1870

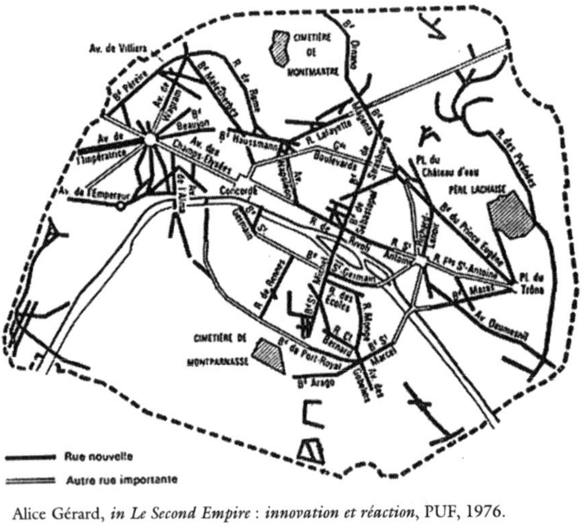

Alice Gérard, *in Le Second Empire : innovation et réaction*, PUF, 1976.

Tuileries et à Compiègne où la cour se déplaçait à la fin de l'été. Plusieurs peintres représentent les fastueux bals donnés aux Tuileries. S'y pressent, à défaut de la vieille aristocratie qui boude le régime, les enrichis et anoblis de fraîche date (voir dans *La Curée* la fin du chapitre III). L'impératrice répand la mode des stations balnéaires : Biarritz, mais aussi Deauville, lancé par Morny. Les Parisiennes à la mode, habillées par le couturier Worth, se doivent de paraître chaque après-midi au Bois de Boulogne (voir dans *La Curée*, chap. I).

Gens du monde et bourgeois sont avides de distractions faciles. Le mélodrame, le vaudeville, les revues à grand spectacle triomphent au théâtre. Les opérettes d'Offenbach, *La Belle Hélène* (1864), *La Grande Duchesse de Gérolstein* (1867) connaissent un succès inouï.

Les moralistes fustigent cette société frelatée aux mœurs tapageuses et corrompues : « L'honnête homme à Paris ment dix fois par jour, l'honnête femme vingt fois, l'homme du monde cent fois ; on n'a jamais pu compter combien de fois par jour ment une femme du monde », constate, par exemple, Hippolyte Taine.

2 - BIOGRAPHIE D'ÉMILE ZOLA

▪ Une adolescence provinciale

Émile Zola est né le 2 avril 1840 à Paris. Son père, brillant ingénieur civil d'origine italienne, obtient la commande d'un système de barrages et canal alimentant en eau Aix-en-Provence et s'installe dans cette ville avec sa famille en 1843. Mais il meurt en 1847, alors que les travaux commencent. Sa veuve et son fils connaîtront des difficultés matérielles de plus en plus grandes.

Le jeune garçon mène toutefois une adolescence heureuse dans cette petite ville de castes, fermée au monde moderne, le Plassans des *Rougon-Macquart*. Il a pour condisciple, Paul Cézanne, le futur grand peintre. Les adolescents supportent mal la vie routinière de la petite ville de province et l'enseignement étouffant qu'ils reçoivent. Ils découvrent les grands poètes contemporains, Hugo, Lamartine et Musset.

Zola, en classe de troisième, s'inscrit en section des sciences, peut-être en souvenir de son père qu'il admirera toute sa vie. Il voit en lui un héros de l'énergie, un bâtisseur, dont l'image inspirera certains de ses personnages, ainsi Saccard ou Octave Mouret, le patron du grand magasin, « Au Bonheur des dames ».

■ La découverte de Paris

Mme Zola s'installe à Paris avec son fils en 1858, au plein des travaux d'Haussmann. La famille vit pauvrement. D'un côté, Émile Zola s'adapte difficilement à sa nouvelle vie. Il supporte mal la séparation d'avec ses amis. De bon élève, il devient médiocre et échoue au baccalauréat. D'un autre côté, il est fasciné par la vie bouillonnante de la capitale, par les transformations entraînées par les travaux d'Haussmann et les applications technologiques des découvertes récentes. Il adhère totalement à son époque, malgré le manque cruel d'argent et malgré sa difficulté à trouver un emploi.

Zola entretient des relations étroites avec de jeunes peintres qui veulent imposer une nouvelle manière de peindre : Cézanne, Pissarro, Guillemet, Guillemin, Manet, Monet, Fantin-Latour, Sisley, Renoir, Bazille. La fréquentation de ces artistes, qui se regrouperont à partir de 1874 sous le nom d'impressionnistes, marque durablement Zola et le distingue des écrivains de son époque. Elle influence son esthétique et son écriture. Comme eux, il prend ses sujets dans la réalité quotidienne. Il les traite avec vérité et simplicité, sensible aux jeux de la lumière, à la variété des couleurs, aux impressions ressenties (voir, par exemple, la description du Bois de Boulogne au chapitre I). Zola privilégie le regard neuf d'une personnalité forte.

■ Premiers apprentissages

Il entre chez l'éditeur Louis Hachette en mars 1862. Vite nommé chef de la publicité, il en présente les publications. Il se fait de nombreuses relations parmi les journalistes et les auteurs de la maison : les deux grand critiques littéraires Sainte-Beuve et Taine, l'auteur du *Dictionnaire de la langue française*, Littré, des romanciers, etc. Il y reste quatre ans, qui seront quatre années de formation capitale.

Parallèlement, il abandonne la poésie lyrique pour se consacrer à la prose. Il publie des contes et nouvelles, *Contes à Ninon* (novembre 1864), et des romans.

En février 1866, il décide de vivre de son activité de journaliste et d'écrivain. Il écrit des centaines d'articles de critique littéraire, dramatique, artistique. Il est aussi journaliste politique, collaborant, à partir de 1868, aux journaux d'opposition à l'Empire. On retrouve dans *La Curée* les thèmes et le ton polémiques de plusieurs de ces articles.

■ La naissance des *Rougon-Macquart*

La publication de *Thérèse Raquin* (1867) entraîne une polémique sur l'émergence d'une nouvelle littérature qualifiée de « physiologique ». Relisant Balzac, Zola projette d'écrire un grand cycle de romans ayant pour sujet l'histoire d'une famille. Il envoie le plan de cette fresque, les futurs *Rougon-Macquart*, à l'éditeur Lacroix, qui accepte le projet. Il lit des traités de médecine, et, plume à la main, réfléchit sur l'œuvre à venir. Il commence à rédiger *La Fortune des Rougon*, tome inaugural de sa série, dont la publication dans *Le Siècle* en 1870 est interrompue par la guerre franco-prussienne. Le volume paraît en 1871.

Le second volume, *La Curée*, qu'il a commencé à écrire dès 1869, commence à paraître en feuilleton dans le journal *La Cloche*, en septembre 1871, mais sa publication est interrompue pour immoralité, juste avant la scène où Renée devient la maîtresse de Maxime. Le roman paraît en volume en 1872.

■ *Nulla dies sine linea*

En juillet 1872, Zola signe avec l'éditeur Georges Charpentier un contrat par lequel il s'engage à produire deux romans par an contre la somme de 500 francs par mois. Une longue amitié liera désormais les deux hommes. Zola fréquente le salon Charpentier où se retrouvent les auteurs de la maison, des artistes, des hommes politiques. Il entretient des relations étroites avec Gustave Flaubert, Edmond de Goncourt, Alphonse Daudet, Ivan Tourgueniev, Guy de Maupassant.

Sa vie prend alors sa forme définitive. Véritable galérien des lettres, il publie un roman par an ; à peine l'un est-il achevé de publier qu'il entame la préparation du suivant.

Il poursuit parallèlement, jusqu'en 1881, une carrière de journaliste. Le journal lui offre, outre un revenu non négligeable, une tribune pour imposer ses idées, polémiquer avec ses détracteurs, organiser la publicité autour de ses œuvres.

Il écrit pour le théâtre : une adaptation de *Thérèse Raquin* (1873), *Les Héritiers Rabourdin* (1874, succès médiocre), *Le Bouton de rose* (1878, échec), *Renée*, adaptée de *La Curée* (pièce écrite en 1880, jouée en 1887 ; échec).

Le succès lui vient enfin, en 1877, de *L'Assommoir*, septième volume des *Rougon-Macquart*. Les droits d'auteur lui permettent d'acheter une propriété au bord de la Seine, à Médan, dans laquelle il passera désormais une partie de l'année.

■ Le mouvement naturaliste

Une jeune génération de romanciers se regroupe autour de Zola. En 1880, il fait paraître un recueil d'articles théoriques, *Le Roman expérimental*, où il définit sa méthode, inspirée de celle des sciences. Il s'y insurge contre les accusations d'immoralité portées à l'encontre d'œuvres qui ne voilent pas la vérité.

Avec cinq de ses « disciples », Léon Hennique, J. K. Huysmans, Paul Alexis, Henry Céard et Guy de Maupassant, il publie *Les Soirées de Médan*. Ce recueil de nouvelles sur la guerre de 1870, au ton violemment réaliste, prend, pour le public, valeur de manifeste de l'école naturaliste.

1880 est aussi pour Zola une année de deuil. Meurent successivement deux romanciers de ses amis, Duranty et Flaubert, et sa mère. Ces disparitions provoquent chez l'écrivain une grave dépression dont il ne sort qu'en février 1881, en entamant la rédaction de *Pot-Bouille*. Il se consacre désormais à la rédaction des *Rougon-Macquart*, à l'agrandissement de sa propriété de Médan, où il reçoit de nombreux amis.

Il polémique encore à l'occasion dans la presse : il défend le jeune écrivain Louis Desprez, emprisonné pour son roman *Autour d'un clocher*, il s'élève contre la censure qui frappe la pièce tirée de *Germinal* (1885) ou contre la critique qui attaque l'adaptation qu'il a tirée de *La Curée*, *Renée* (1887).

Sa notoriété s'étend à l'étranger. Il est en relations avec de nombreux journalistes et hommes de lettres européens. Mais il est jalousé et le naturalisme est de plus en plus attaqué. En 1887, cinq jeunes auteurs écrivent contre *La Terre* un violent pamphlet.

▪ L'achèvement des *Rougon-Macquart*

En 1889, Zola pose sa première candidature à l'Académie française. Il se présente à tous les fauteuils vacants jusqu'en 1897, en vain. Le 21 juin 1893, les éditeurs Charpentier et Fasquelle organisent un grand banquet au Chalet des Iles du Bois de Boulogne pour fêter, avec la publication du *Docteur Pascal*, l'achèvement des *Rougon-Macquart*. Un grand nombre de personnalités de la littérature et de la politique y assistent.

▪ Les dernières œuvres

À peine terminé le vingtième tome des *Rougon-Macquart*, Zola entreprend un nouveau cycle, *Les Trois Villes* : *Lourdes*, (1894), *Rome*, (1896), *Paris*, (1898). Il veut y faire le bilan du siècle finissant du point de vue philosophique, politique et social.

Dans le cycle suivant, *Les Quatre Évangiles*, Zola entreprend de peindre la société idéale. *Fécondité* (1899) pose les fondements de la famille, *Travail* (1901) ceux de l'organisation sociale et de l'éducation. *Vérité* (1902), largement inspiré de l'Affaire Dreyfus, narre la lutte d'un homme pour faire triompher la justice et la science. *Justice*, à peine ébauché, devait porter sur la fondation de la République universelle, par delà le nationalisme et le militarisme qui enflent au tournant du siècle.

■ L'Affaire Dreyfus

Comme la plupart de ses compatriotes, Zola n'accorde que peu d'attention à l'arrestation et à la condamnation du capitaine Dreyfus, accusé de trahison, fin 1894. Mais il est sensible à la montée de l'antisémitisme qui accompagne les développements de l'affaire. Il écrit un article « Pour les Juifs » (*Le Figaro*, 16 mai 1896).

Le 13 janvier 1898, il publie dans *L'Aurore* une « lettre ouverte au président de la République », sous le titre retentissant de « J'accuse ». L'effet est énorme. Il veut provoquer un procès civil et public qui permettra, pense-t-il, à la vérité d'éclater. Des poursuites sont effectivement engagées contre lui. Le procès s'ouvre à Paris le 7 février 1898, dans une atmosphère passionnée. Zola est condamné à un an de prison et 3 000 francs d'amende. À sa sortie, il est conspué, menacé de mort. Sur la pression de ses amis, il s'exile en Angleterre. Il y demeurera un an. Mais il a rallié à la cause de Dreyfus la jeunesse et l'élite intellectuelle

Zola rentre en France le 5 juin 1899, deux jours après l'arrêt de révision du procès de Dreyfus. En 1901, il publie *La Vérité en marche*, recueil des articles qu'il a consacrés à l'Affaire.

Il meurt à Paris, dans la nuit du 28 septembre 1902, asphyxié par les émanations de la cheminée de sa chambre. Il est enterré au cimetière Montmartre le 5 octobre. Plusieurs personnalités prennent la parole sur sa tombe, dont Anatole France.

Le 4 juin 1908, ses cendres sont solennellement transférées au Panthéon. La cérémonie suscite une vive agitation dans les milieux nationalistes.

3 - CONTEXTE LITTÉRAIRE

▪ Le roman à la mode

Le Roman est, au XIXe siècle, un genre en pleine expansion, mais ce n'est pas un genre noble, comme la Poésie, par exemple. Il n'a jamais été codifié par un art poétique, comme la Tragédie. N'étant pas obligé d'obéir à des règles strictes, il peut prendre des formes très variées.

C'est en 1859 seulement que le premier romancier entre à l'Académie française : Jules Sandeau, bientôt suivi d'Octave Feuillet.

Comment expliquer ces choix? Il s'agit de deux « romanciers de la vertu », selon la terminologie de l'époque : leurs personnages sont toujours issus des mêmes milieux, haute bourgeoisie ou aristocratie; ils doivent affronter la méchanceté, la calomnie, la misère. Mais, grâce à leurs qualités toujours exceptionnelles, leur courage, leur sens du devoir, ils triomphent. Leur vertu est toujours récompensée. Les méchants, qui ont voulu s'emparer de leur fortune, de leurs biens, de leurs titres, de la femme qu'ils aiment, sont punis. L'ordre social est rétabli.

Ces œuvres ont deux caractéristiques essentielles qui expliquent leur succès :

1° Elles exaltent la morale des convenances, la morale sociale qui maintient l'ordre établi.

2° Elles respectent le « bon goût », voilant tout ce qui pourrait choquer les sensibilités, évitant certains sujets et certains mots, préférant l'allusion à la description objective de la réalité. Le roman était, à l'époque, essentiellement lu par des femmes.

▪ L'esthétique de Zola

Dès 1865, Zola s'oppose à ce type de romans idéalistes. Il les critique vivement dans ses articles. Il en dénonce les effets néfastes sur les lectrices qu'ils détournent de la réalité.

Il définit ce que devrait être le roman moderne, novateur, en s'appuyant sur les œuvres des grands romanciers qu'il admire, Balzac, Stendhal, Flaubert, les Goncourt. Il s'inspire également de la méthode de grands critiques contemporains comme Taine ou Sainte-Beuve, ou de celle de Littré. Taine, rappelons-le, explique un grand écrivain par quatre facteurs : la race, le milieu, le moment historique et la qualité maîtresse. Ainsi, La Fontaine incarne-t-il « l'esprit gaulois » (race) ; il est champenois (milieu) ; il vit sous Louis XIV (moment). Sa faculté maîtresse est « l'imagination poétique ».

▪ Une définition du roman moderne

Le romancier doit analyser l'homme et la société pour en expliquer les lois de fonctionnement. Il participe, ainsi, à la grande enquête scientifique qui caractérise l'époque.

Pour cela, il s'appuie sur la méthode et les dernières découvertes des sciences, en particulier dans le domaine de la physiologie. On s'intéresse, à l'époque, à l'hérédité, aux dégénérescences, à certaines formes de folie, à l'hystérie. Autant de sujets qu'on retrouve dans le roman contemporain. Le champ d'investigation du romancier est le réel tout entier. Il n'y a plus de sujet tabou. Le corps et le peuple constituent désormais deux de ses sujets d'analyse.

Son but est la vérité. « La vérité purifie tout comme le feu », affirme Zola. Tout dire, donc, non pour chercher le scandale, mais pour expliquer, comprendre.

▪ Une définition du roman naturaliste

> « Nous montrons le mécanisme de l'utile et du nuisible, nous dégageons le déterminisme des phénomènes humains et sociaux, pour qu'on puisse un jour dominer et diriger ces phénomènes. En un mot, nous travaillons avec tout le siècle à la grande œuvre qui est la conquête de la nature, la puissance de l'homme décuplée. » (É. Zola, « Le Roman expérimental », 1879).

▪ La conception des *Rougon-Macquart*

La Curée est le second volume de la grande fresque des *Rougon-Macquart. Histoire naturelle et sociale d'une famille sous le Second Empire*, ensemble de 20 romans, publiés de 1871 à 1893.

Zola a imaginé d'écrire cette fresque en 1867-1868, pour concurrencer la *Comédie humaine* de Balzac, qu'il admire et prend pour modèle. Mais il lui faut s'en différencier. Pour cela, au lieu de recréer, comme Balzac, une vaste société, un monde de papier avec des centaines de personnages revenant d'œuvre en œuvre, constituant un double de la société réelle, il veut étudier la société de son époque essentiellement à travers un nombre limité de personnages, membres d'une même famille, les Rougon-Macquart.

La famille est composée de deux branches, issues d'une aïeule, Adélaïde Fouque, surnommée Tante Dide. Celle-ci a épousé un Rougon, dont elle a eu un fils, Pierre. Devenue veuve, elle a pris comme amant le braconnier alcoolique Macquart. D'elle partent ainsi deux branches : la légitime, les Rougon, la bâtarde, les Macquart. Les premiers vont prendre le pouvoir, grâce au coup d'État perpétré par Louis-Napoléon Bonaparte, ils font fortune en utilisant tous les moyens possibles, y compris le vol ou le crime. Les seconds, chargés d'une lourde hérédité alcoolique, sont, pour la plupart, des petits bourgeois ou des ouvriers.

Saccard, le personnage principal de *La Curée*, appartient à la branche légitime. C'est un des fils de Pierre Rougon. Il a pour frère Eugène, un des artisans du coup d'État, un des proches de l'Empereur que l'on retrouvera chef du gouvernement dans *Son Excellence Eugène Rougon*. Une de ses sœurs, Sidonie, vit à Paris.

À travers les *Rougon-Macquart*, Zola se propose deux buts :

1° Étudier « la bousculade des ambitions et des appétits », qui lui paraît être « la caractéristique du mouvement moderne », de la société issue de la Révolution de 1789. La Révolution a ouvert une période de bouleversements et de mutations en tous domaines. Elle a permis en particulier à de nouvelles couches d'individus de prendre le pouvoir. Eugène pourra affirmer, dans *La Curée*, à son frère impatient de réussir :

> « Va, sois tranquille, nous tiendrons table ouverte, et les plus grosses faims seront satisfaites. (...) Nous entrons dans un temps où toutes les fortunes sont possibles. » (chap. II, p. 81)

Dix ans plus tard, la table est mise. Telle est « l'histoire sociale ».

2° Étudier les jeux de l'hérédité, « l'histoire naturelle ». L'hérédité de l'aïeule passe dans ses descendants en se diversifiant grâce au jeu des milieux et des tempéraments. Zola explore cette infinité de possibilités. Il s'appuie sur les dernières découvertes faites essentiellement depuis les années 1850. Il dresse l'arbre généalogique de la famille. Chacune de ses feuilles correspond à un personnage et chacun des personnages est au centre d'un des volumes de la série.

■ Une peinture de la société

Zola nous offre ainsi, avec *Les Rougon-Macquart*, un regard sur la société de son époque, dominée par l'argent. Il aborde la plupart des grands problèmes posés par l'essor du capitalisme, par la révolution financière et économique. Il étudie le développement des banques et de la Bourse (*L'Argent*), l'effet de l'industrialisation avec ses deux grandes conséquences : le luxe des uns, la misère des autres (*L'Assommoir*, *Germinal*), la création des grands magasins (*Au Bonheur des dames*), l'extension des chemins de fer (*La Bête humaine*), la question agraire (*La Terre*). Il s'intéresse à l'éducation des filles, au mariage (*Pot-Bouille*), à la justice (*La Bête humaine*), à l'art (*L'Œuvre*), à la religion (*La Faute de l'abbé Mouret*), etc.

■ Une nouvelle approche de l'homme

Il étudie les réactions, les comportements de l'individu devant ses nouvelles conditions de vie : les grandes villes et leurs foules, les faubourgs et leurs grandes maisons ouvrières (*L'Assommoir*), les structures économiques récentes : les Halles, les Grands Magasins, etc. Il s'interroge : comment vivre ? Comment, non pas subsister, mais exister ?

Il explore le corps, ses instincts, ses pulsions irrésistibles. Il est un des premiers à voir comment désir sexuel (Éros) et instinct de mort (Thanatos) sont intimement liés (*La Bête Humaine*). En un mot, il ouvre « la porte d'épouvante » sur tout ce qui vit au fond de nous, ces « végétations sourdes » sur lesquelles ni la raison ni la volonté n'ont de prise (voir le meurtre du petit soldat par Jeanlin, l'enfant des Maheu, dans *Germinal*, un acte sans motivation). Zola est passé maître dans l'analyse des états de crise, des processus de désorganisation physique ou morale. Ce qui, bien avant les théories de la psychanalyse, a fait scandale.

■ De *La Fortune des Rougon* à *La Curée*

La fresque débute par *La Fortune des Rougon* qui se déroule en province, à Plassans (Aix-en-Provence). C'est le roman des origines : origines de la famille, origines du régime napoléonien, origines du cycle. Celui-ci sera fermé, sur le plan historique, par *La Débâcle* (1892), qui raconte la défaite de Sedan et la chute du Second Empire, et sur le plan familial par *Le Docteur Pascal* (1893), œuvre dans laquelle Zola résume la série.

La Fortune des Rougon raconte la réaction républicaine au coup d'État et sa répression brutale. Les Rougon, Pierre et son épouse Félicité, guidés de Paris par leur fils Eugène, s'emparent du pouvoir à Plassans. Le roman s'achève sur le « festin triomphal » qu'ils offrent à leurs partisans. Les convives boivent à un avenir plein de promesses. Félicité, fille d'un petit marchand d'huile, qui a toute sa vie connu une existence étriquée, va réaliser son rêve : habiter la maison du receveur particulier, M. Peirotte, que son mari va remplacer.

Quelque dix ans plus tard, à Paris, son fils Aristide est au sommet de la fortune. *La Curée* s'ouvre sur la réception qu'il donne dans son hôtel particulier du parc Monceau, tout nouvellement construit sur un terrain qu'il n'a pas payé. *La Curée* débute ainsi que se terminait *La Fortune des Rougon*. Mère et fils étalent argenterie et porcelaine, font parade d'une richesse et d'un pouvoir tout récemment conquis. Les deux œuvres s'ancrent dans une réalité historique très proche du moment où elles ont été écrites. Elles participent toutes deux de la même vision polémique.

▪ *La Curée*

En 1868, Zola prévoit d'écrire dix romans grâce auxquels il pense pouvoir rendre compte de la société de son temps. Parmi ces premiers projets, on trouve celui qui donnera peu après *La Curée* :

> « Un roman qui aura pour cadre les spéculations véreuses et effrénées du Second Empire, et pour héros Aristide Rougon, l'homme de Plassans, qui flairait la fortune et a laissé assassiner Silvère afin de débarrasser la ville d'un garçon compromettant. Venu à Paris, après la proclamation de l'Empire, il se mêle au grand mouvement d'achat et de vente de terrains, déterminé par les démolitions et les constructions de M. Haussmann. L'œuvre sera le poème, ou plutôt la terrible comédie des vols contemporains. Aristide réalise en quelques années une immense fortune. Remarié à une poupée parisienne, il souffre par sa femme. Peinture d'un ménage parisien, dans la haute sphère des parvenus. »

Avec *La Curée*, Zola attaque le régime impérial et la société qu'il a mise en place. Cette dénonciation, il la mène depuis ses premières œuvres. Il est encore plus virulent dans les articles qu'il publie, à partir de 1868, dans les journaux d'opposition à l'Empire. Il y développe des thèmes qu'il va reprendre et orchestrer dans son roman : luxe insolent des uns, misère des autres, vols, concussions, mœurs perverties, éducation des filles, vulgarité des plaisirs parisiens, en particulier des opérettes d'Offenbach. Le travail du journaliste et celui du romancier sont ainsi étroitement imbriqués, ce qui n'est pas, nous le verrons, sans conséquences sur la vision qui nous est donnée de Napoléon III et de la société de l'époque.

Les travaux d'Haussmann semblent pour Zola être la meilleure illustration de ce qui caractérise le moment : le déchaînement des appétits. Sur le plan esthétique, ils offrent de grandes possibilités dramatiques et fantasmatiques qu'il utilise amplement.

2
ÉTUDE DUTEXTE

1 - RÉSUMÉ DU ROMAN

La mise en place de l'intrigue de *La Curée* n'a pas été facile. Zola imagine d'abord que Blanche (premier prénom qu'il donne à Renée) « se sauve avec un amant et un magot ». Mais il juge mauvais ce premier dénouement : « Cette fin ne me plaît pas, il faut que la canaille reste triomphante », précise-t-il dans les réflexions qu'il note, à son habitude, sur le papier.

Il a alors l'illumination qui va tout changer :

> « Décidément, c'est une nouvelle Phèdre que je vais faire.
>
> Blanche, c'est la haute curiosité parisienne, rendue pourrie par le monde. Quand elle est bien lasse de tout, quand elle a épuisé toutes les jouissances, elle s'amourache du fils de son mari. »

Zola a désormais trouvé le « mécanisme du drame » qui se joue entre ses trois protagonistes principaux : Aristide, Maxime et Renée. Il relit et résume la *Phèdre* de Racine dont il suit le grand mouvement.

▪ Une tragédie en cinq actes

Le roman comporte sept chapitres : six de longueur à peu près égale, suivis d'un bref épilogue, respectivement 38, 43, 36, 47, 47, 42 et 19 pages dans l'édition Garnier-Flammarion.

En fait, Zola construit son récit en cinq grands ensembles, sur le modèle de la tragédie classique à laquelle il fait plusieurs allusions. Il multiplie par ailleurs, en les soulignant fortement, les références à la pièce de Racine. Il monte un mécanisme parfaitement réglé, un piège à écraser son personnage féminin.

Chapitres I, II, III : l'exposition

Octobre 1862. Le roman débute par la promenade en calèche, au Bois de Boulogne, de la belle Renée Saccard, vingt-huit ans, femme d'un richissime homme d'affaires et du fils que son mari a eu d'un premier mariage, Maxime, vingt ans. Le Bois, nouvellement remodelé et ouvert au public, est le lieu par excellence de la fête impériale. Cette première scène est suivie d'une réception chez les Saccard. Zola peut ainsi présenter la quasi totalité des personnages : ceux qui ne sont pas au Bois, les hommes d'affaires, le personnel politique, assistent au repas.

Zola décrit aussi, dans sa plus grande partie, l'hôtel particulier que Saccard vient de faire bâtir en bordure du parc Monceau. C'est une construction qui sue la richesse de son propriétaire, un luxe de parvenu.

Il pose également les deux thèmes fondamentaux de l'œuvre : « l'or » et « la chair », selon ses propres termes. L'or, c'est-à-dire les fortunes nées des spéculations rendues possibles par les travaux d'Haussmann et leurs conséquences. C'est le principal sujet de la conversation des convives de Saccard. La chair, c'est-à-dire la montée du désir incestueux en Renée, de plus en plus attirée par Maxime.

Le roman, en effet, comme toute tragédie, débute à un moment de crise. Le chapitre I, centré sur la jeune femme, la présente, dès les premières lignes, comme une malade, rongée depuis des mois par un ennui qui, au fil du texte, se fait de plus en plus violent. Diverses raisons font qu'affluent en elle et prennent corps les désirs inconscients qui la travaillent depuis longtemps : le « bercement voluptueux » de la calèche, le vertige provoqué par le tournoiement des roues, la sensation aiguë ressentie au contact de la cheville de Maxime; plus tard, « l'excitation des mets, des vins, des lumières, de ce milieu troublant où passaient des haleines et des gaîtés chaudes » (p. 66), la montée de la jalousie qu'elle éprouve à voir, à l'autre bout de la table ou dans un coin du salon, Maxime et la jeune fille à laquelle Saccard veut le marier, Louise de Mareuil, rire et vivre, alors qu'elle est entourée de gens ennuyeux et enfoncés dans le répétitif et le « fade ». On retrouve la jalousie qu'éprouve Phèdre à l'égard du fils de son mari, Hippolyte, et de la jeune Aricie.

1851-1862. Les chapitres II et III, le premier centré sur Aristide, le second sur Maxime et sur ses relations avec Renée, sont un long retour en arrière qui poursuit l'exposition. Zola remonte jusqu'avant le coup d'État perpétré par Louis-Napoléon Bonaparte en décembre 1851. Il explique longuement l'histoire des trois personnages, en particulier celle de Saccard qui, arrivé pauvre de Plassans, est devenu en quelques années l'un des plus riches hommes d'affaires du Second Empire. Zola précise l'hérédité de ses protagonistes, leur éducation, le milieu dans lequel ils vivent ou ont vécu, leur itinéraire. Il explique comment Saccard, devenu veuf, a épousé Renée Béraud du Châtel : cette dernière, encore au couvent, a été violée par le père d'une de ses amies. Elle est enceinte et doit se marier. Saccard tire de gros avantages financiers de ce mariage de convenance. Les deux époux vivent chacun de leur côté.

Zola mène les personnages jusqu'au début du récit, octobre 1862, au moment où le trio emménage dans l'hôtel du parc Monceau. Aristide est alors à l'apogée de sa richesse ; Renée, dont l'enfant n'a pas vécu, est la reine de Paris, « une des colonnes du Second Empire ». Elle réalise son secret et poignant désir : être invitée à un bal des Tuileries par le couple impérial.

Chapitre IV : le drame se noue

Au terme de ces chapitres d'exposition-explication, le narrateur reprend le récit où il l'a laissé, à la fin du chapitre I. Au cours d'une scène qui se déroule au café Riche, située très exactement au centre du roman, Renée devient la maîtresse de Maxime. C'est l'aboutissement fatal de la montée de son désir décrite dans le chapitre I, de son hérédité, de son éducation, du milieu dans lequel elle a vécu. C'est aussi l'aboutissement fatal de l'hérédité et de l'éducation de Maxime, analysées dans les chapitres II et III. « Ils avaient glissé à l'inceste, dès le jour où Maxime, dans sa tunique râpée de collégien, s'était pendu au cou de Renée, en chiffonnant son habit de garde-française. » (chap. IV, p. 195-196). Zola écrit bien une « nouvelle *Phèdre* » : dans le mythe antique ou dans la tragédie de Racine, Phèdre ne devient jamais la maîtresse d'Hippolyte. Il se sert du mythe pour critiquer la société des parvenus du Second Empire, et la décadence des mœurs.

De son côté, Saccard connaît ses premiers soucis d'argent réels : « D'aventure en aventure, il n'avait plus que la façade dorée d'un capital absent » (p. 179). Aussi met-il en place la combinaison par laquelle il dépouillera sa femme des terrains de Charonne qu'elle a reçus en héritage. Il les convoite depuis qu'il l'a épousée, mais elle a, jusque-là, refusé de s'en défaire. C'est une véritable mine d'or, dans la mesure où ils sont situés sur le tracé du futur boulevard du Prince Eugène (actuel boulevard Voltaire). Leur vente à la Ville de Paris rapportera de gros bénéfices.

Par ailleurs, Saccard songe de plus en plus à marier Maxime avec Louise de Mareuil, dont il convoite la dot.

Chapitres IV-V : le bonheur éphémère de Renée

Quelques pages, à peine, résument la vie des deux amants pendant la période qui va de la fin de 1862 à l'été de 1863. Ce sont des mois d'épanouissement et d'exaltation. Le couple prend, symboliquement, possession de l'hôtel Saccard, puis de Paris, dont « chaque boulevard devenait un couloir de leur hôtel » (p. 212). Court répit, mais trompeur.

Fin du chapitre V-chapitre VI : la chute de Renée

Les amants, qui sont allés aux bains de mer, reviennent à Paris vers octobre. Commence alors « le détraquement de cette adorable et étonnante machine qui se cassait » (p. 229) – c'est ainsi que Zola décrit Renée. Cette dernière, qui est à la fois Phèdre et fille de M. Béraud du Châtel, un magistrat intègre, est tiraillée entre la passion vers laquelle tout, autour d'elle, la pousse et ce qui reste, au fond d'elle-même, de son origine bourgeoise et de la morale qu'on lui a inculquée. Son père, républicain, a refusé de faire partie des commissions spéciales créées par Napoléon III pour juger les opposants au coup d'État. Renée perd, dans une succession de crises violentes, le « peu d'équilibre qui lui restait » (p. 215).

Accablée par des dettes énormes, par les besoins d'argent que nécessitent sa vie avec Maxime et la satisfaction de ses désirs, elle est la proie d'une nouvelle fatalité, l'argent, contre laquelle elle essaie de lutter, en vain. Elle refuse, d'abord, les avances de son mari, qui est au courant de son aventure avec Maxime. Elle ne veut pas, dans un premier temps, prendre l'amant fortuné que lui propose sa belle-sœur, Sidonie. Elle finit par se soumettre à son époux, dans les bras duquel elle devient une « chose douce et inerte ».

Tiraillée alors entre les deux hommes, elle cherche, sans succès, à leur cacher son infamie. Maxime découvre la vérité. Il saisit l'occasion pour l'abandonner. Saccard, qui les surprend alors, s'empare du traité par lequel elle abandonne les terrains de Charonne.

La jeune femme, que la folie gagne peu à peu, a perdu sur tous les plans, physique, passionnel, moral, financier. Elle est totalement dépossédée d'elle-même, « mise à nue », pense-t-elle (p. 288-289).

Chapitre VII : bref épilogue

Deux parties, sensiblement égales, mettent un terme aux thèmes posés dans le chapitre I, au cours d'une scène au Bois de Boulogne où se retrouvent tous les personnages. Les coquins triomphent, Saccard et Maxime vont bras dessus-bras dessous. Renée agonise et meurt d'une méningite aiguë. Son père paie ses dettes à son couturier.

2 - PROCÉDÉS DE COMPOSITION

▪ Une composition polyphonique

« Mon roman ne raconte qu'une crise, il se termine par le triomphe des coquins. Plus tard, *La Débâcle* aura lieu. Mon roman est double : crise du commis-spéculateur, monde des affaires ; et inceste de Renée, monde du luxe. *Les deux drames se mêlent par l'infamie de Renée acceptée par Aristide* », note Zola dans son Dossier préparatoire, en soulignant la dernière phrase.

Cette idée, il la reprend dans sa préface à l'œuvre datée du 15 novembre 1871. « Dans l'histoire naturelle et sociale d'une famille sous le Second Empire, la *Curée* est la note de l'or et de la chair. » Les « trois monstruosités sociales » qu'il décrit dans ce texte, « l'épuisement prématuré d'une race qui a vécu trop vite et qui aboutit à l'homme-femme des sociétés pourries » (il s'agit de Maxime), « la spéculation furieuse d'une époque s'incarnant dans un tempérament sans scrupule, enclin aux aventures » (c'est-à-dire Saccard), « le détraquement nerveux d'une femme dont un milieu de luxe et de honte décuple les appétits natifs » (Renée) constituent trois sujets possibles de romans, trois destins dont il lui faut faire un tout. Zola va donc développer ces thèmes en les entrelaçant en une composition polyphonique.

Il note plusieurs fois dans ses réflexions préparatoires cette préoccupation. Par exemple, lorsqu'il prévoit la scène du cotillon, au chapitre VI : « Il faut toujours garder la double note de l'or et de la chair. » Aussi centre-t-il le premier des deux tableaux vivants de ce chapitre sur la chair : Écho implore Vénus de lui accorder l'amour du beau Narcisse. Il centre le second sur l'or : Écho transporte Narcisse « dans une mine de métaux en fusion habitée par Plutus » (p. 263). Il prend soin, de plus, de faire que « le groupe des hommes graves » continue « à causer affaires, politique », tandis que la fête bat son plein. Il mène ainsi de front les deux thèmes, non seulement dans un chapitre, comme l'avait fait Flaubert dans la célèbre scène des comices de *Madame Bovary*, mais aussi tout au long du roman.

Prédominance de la note de l'or

Toutefois, la « note de l'or » commande celle de « la chair ». Le roman est, avant tout, celui de la spéculation, de la curée entraînée par les travaux d'Haussmann. C'est Saccard, dont la passion est de monter des « machines à pièces de cent sous » qui tire toutes les ficelles. C'est sa folie de la spéculation qui détermine toutes les étapes de la tragédie de Renée, comme elle détermine celles de la vie de Maxime.

On peut dire même que *La Curée* est l'histoire d'une spéculation de Saccard, la spéculation sur les terrains que Renée possède à Charonne, un « coup de génie » (p. 182). Il la médite et la prépare pendant des années, du début à la fin du roman.

Le récit, en effet, tient entre deux percements de boulevards (Malhesherbes et Prince-Eugène) dans lesquels Saccard et Renée sont impliqués. Le premier y trouve l'occasion de spéculer sur l'immeuble de la rue de la Pépinière, sa première « affaire », et sur les terrains de Charonne. La seconde y perd sa fortune.

C'est Saccard qui, convoitant les terrains de sa femme, la jette « dans [une] vie à outrance où sa pauvre tête se détraqu[e] un peu plus tous les jours» (p. 53-54). Son but est de la faire s'endetter et, en jouant sur l'obsession de la dette, de la mettre à sa merci, de l'acculer à se défaire de ses biens. Renée est prise dans l'engrenage fatal des billets à ordre, souscrits et renouvelés, jamais honorés, mécanisme monté par son mari. Cette « vie à outrance » la pousse par ailleurs à l'adultère.

C'est pour trouver en Renée une alliée contre Larsonneau dans l'affaire des terrains de Charonne que

Saccard se rapproche d'elle. Il a pris pour prétexte de ce rapprochement une facture de son couturier qu'elle ne peut pas payer et dont il se sert contre elle. Renée endure alors les hontes de l'adultère, qui la « détraquent » un peu plus.

C'est lui qui marie son fils Maxime à Louise de Mareuil dont il convoite la dot d'un million. Renée, qui ne peut pas admettre cette union, est poussée à des résolutions extrêmes.

C'est parce que Renée refuse, au dernier moment, de signer l'acte de cession de ses terrains, que Saccard, dont la situation financière est désastreuse, la fait espionner par Mme Sidonie et la découvre dans les bras de Maxime. Profitant de son désarroi et faisant taire tout sentiment, il s'empare de cet acte qu'elle vient de signer pour se donner le moyen de fuir avec son amant (chap. VI, p. 284).

Les terrains de Charonne acquis, la fortune de Renée épuisée, Saccard se tourne vers d'autres proies. Renée, qui n'est plus utile ni à son mari ni à son amant, qui n'est plus rien pour eux, n'a plus qu'à mourir. Car elle ne peut garder Maxime que si elle satisfait à ses caprices : « Elle était maternelle, elle payait » (p. 220). La dot de Louise, qui donnerait au jeune homme l'indépendance matérielle en le mettant à l'abri des violences de sa belle-mère, le tente. Il se décide à l'épouser.

D'un autre côté, si l'argent détermine la tragédie de Renée, il détermine aussi celle de Saccard : il met d'autant plus d'énergie à voler sa femme qu'il est pris dans l'engrenage de la dette, à cause de sa folie de la spéculation. Des fleuves d'or passent dans ses mains qui ne peuvent rien conserver.

■ De grandes scènes

Plutôt que de raconter l'histoire de façon suivie, méthodique, Zola préfère procéder par grandes scènes. Il s'agit de véritables scènes de théâtre, longuement développées, avec décors, personnages et dialogues. Elles constituent, en général, des moments importants dans le développement de l'intrigue et l'itinéraire des personnages.

Elles présentent des caractéristiques identiques :

1° Elles sont facteurs de la cohérence du récit. Elles permettent au romancier d'en resserrer les divers éléments, en rassemblant, entre autres, les divers personnages, principaux et secondaires, en rappelant les différentes intrigues.

Un exemple : ce sont les mêmes personnages, poursuivant les mêmes conversations et les mêmes buts qu'on retrouve, au chapitre I (en octobre 1862), à la réception chez Saccard au chapitre VI, au bal de la Mi-Carême 1864 donné par ce même Saccard, au chapitre VII, quelques semaines plus tard, au Bois de Boulogne.

2° Ce sont des moments destinés à frapper le lecteur avec force. Zola recherche volontiers ce qu'il appelle les « coups de tam-tam », les effets dramatiques. Il va même jusqu'à utiliser les procédés du mélodrame : ainsi dans la terrible scène de la mort d'Angèle, qui entend, dans son agonie, la conversation de son mari Saccard et de sa belle-sœur Sidonie (chap. II, p. 94). Autre exemple : la scène au cours de laquelle Saccard surprend sa femme dans les bras de Maxime. Zola avait, dans un premier temps, imaginé de faire arriver le mari pistolet au poing.

3° Zola organise son récit de sorte à placer ces scènes à des moments forts qu'il prépare. Ainsi, les trois scènes se déroulant dans la serre entre Maxime et Renée sont-elles situées en fin de chapitre (I, IV, VI), comme les deux qui ont pour cadre la chambre des enfants de l'hôtel Béraud (chap. II et VII). Le chapitre III se termine, lui, sur le regard concupiscent porté par Napoléon III à la belle Mme Saccard (« C'était, pour elle, la note aiguë de sa vie », p. 156). Tous les chapitres se terminent ainsi sur « un coup de tam-tam » ou sur la description particulièrement travaillée de la coulée de la Seine vue par Renée du haut de l'hôtel Béraud.

Dernier exemple : la scène au cours de laquelle Renée devient la maîtresse de Maxime dans un cabinet particulier du Café Riche est située exactement à la moitié du livre. Zola la prépare longuement.

▪ Dilatation et contraction

Entre ces moments où le temps et le récit s'étalent, le romancier se borne à de brefs résumés des événements intermédiaires.

Prenons deux exemples :

– le chapitre I est fait de trois grandes scènes se déroulant en quelques heures, de 16 heures à minuit, en trois lieux différents, le Bois, les pièces de réception de l'hôtel Saccard, la serre. Ouverture de l'œuvre, elles en posent les thèmes essentiels (voir le résumé, p. 28 et suivantes). Le personnage de Renée, dont les déplacements commandent les trois ensembles et « donnent », selon la terminologie zolienne, les divers lieux, en assure la cohérence ;

– le chapitre VII est fait, lui, de deux parties, la première centrée sur Saccard, la deuxième sur Renée. Entre les deux, quelques lignes résument les itinéraires de Larsonneau et de Sidonie. La première partie est faite d'une seule grande scène, l'enquête, sur le terrain, un matin du printemps de 1864, de la commission des indemnités à propos du percement du boulevard du Prince-Eugène. La seconde partie comporte trois scènes qui se succèdent pendant un après-midi de l'été suivant.

Ces trois scènes, le départ de Céleste, une promenade au Bois faite par Renée, seule dans sa calèche, une ultime visite à la chambre des enfants de l'hôtel Béraud, font pendant aux trois scènes du chapitre I. Au *crescendo* liminaire répond le *decrescendo* final : Renée, abandonnée de tous, se retrouve dans la chambre de son enfance, elle aussi à l'abandon, et s'effondre en sanglotant, « les mains jointes », « dans la nuit tombante », prélude à sa mort prochaine.

Trois lignes suffisent pour résumer les derniers mois de sa vie : « L'hiver suivant, lorsque Renée mourut d'une méningite aiguë, ce fut son père qui paya ses dettes. La note de Worms se montait à deux cent cinquante-sept mille francs. » Quant à ces mois de bonheur avec Maxime, ils sont brièvement évoqués à l'imparfait itératif (voir chap. V, p. 208 et suivantes).

■ Anticipation

Zola n'utilise que deux fois, dans *La Curée*, l'anticipation :

– au chapitre I, il peut, grâce au procédé, donner une vision d'ensemble des travaux d'Haussmann. Saccard est allé dîner avec sa femme Angèle dans un restaurant de Montmartre. Il est encore employé à l'Hôtel de Ville et a fureté dans les dossiers les plus secrets. Le vin lui délie la langue. Il prévoit les deuxième et troisième tranches des travaux qui vont métamorphoser Paris, la deuxième surtout, celle grâce à laquelle il fera fortune peu après.

Zola souligne la valeur prémonitoire de la scène en la faisant rappeler par Aristide au dernier chapitre du roman : « la réalisation de cette prédiction l'enchantait ». Il va, en effet, retirer trois millions du percement du boulevard du Prince-Eugène et rétablir sa situation menacée ;

– au chapitre I, Renée, revenant du Bois, prend conscience du désir incestueux qui, croit-elle, satisfera sa « soif ». Elle fait un retour sur elle-même et prévoit un avenir funèbre : « Quelque matin, elle s'éveillerait du rêve de jouissance qu'elle faisait depuis dix ans, folle, salie par une des spéculations de son mari, dans laquelle il se noierait lui-même » (p. 54). Elle revoit ce moment, lorsque tout s'est réalisé, à la fin du chapitre VI, quand son mari l'a surprise dans les bras de Maxime et totalement dépouillée de sa fortune (p. 289). Zola souligne ainsi la fatalité de l'engrenage dans lequel la jeune femme est prise.

■ Rappels

En revanche, le romancier fait plusieurs appels à la mémoire de ses personnages pour souligner les étapes principales du drame. Au dernier chapitre, par exemple, Renée, abandonnée de tous et malade, se fait conduire au Bois. Elle se rappelle alors ses promenades passées en compagnie de Maxime, en particulier celle par laquelle débute le roman. Elle rencontre aussi, une dernière fois, la plus grande partie des personnages et se souvient de leur vie. Elle voit passer l'Empereur vieilli et évoque le bal aux Tuileries qui clôt le chapitre III. Elle aperçoit Saccard et Maxime « au bras l'un de l'autre » (p. 309). En un mot, le procédé permet de refermer le roman sur lui-même, d'en « finir » avec tout ce qui a été mis en place. Dans ce « bouclage », Zola va jusqu'à reprendre quasi textuellement mots, images et phrases des passages évoqués.

Ces rappels servent ainsi de commentaire au texte. Ce commentaire peut être pris en charge par le narrateur, comme dans une des dernières pages du chapitre IV, où il rappelle le rôle de révélateur, au sens chimique du terme, joué par la promenade liminaire. Ou il est pris en charge par un des personnages. Renée, par exemple, lorsqu'elle vient d'être surprise par Saccard dans les bras de Maxime, revoit toute sa vie, brève synopsis du roman, qui explique sa déchéance.

■ Variations sur un même thème

Zola peut aussi reprendre une même scène, mais en la chargeant, par un traitement différent, d'un sens nouveau.

Il en est ainsi des trois évocations de la serre qui ponctuent l'œuvre et l'histoire de Renée. À la fin du chapitre I, la description des plantes reprend, en l'amplifiant, le trouble ressenti par la jeune femme au cours de la promenade au Bois. À travers cette description, Zola décrit ses désirs inavoués (p. 72-76). À la fin du chapitre IV, le rut de la végétation évoque sa folle passion (p. 201-203). À la fin du chapitre VI, la tristesse des allées désertes dit son désespoir et son abandon (p. 292-293). Les deux descriptions de la chambre des enfants, la première, éclatante de soleil, la seconde, désolée, suivent, pareillement, et ponctuent l'évolution du personnage.

Quant au thème de la curée, il est, lui aussi, amplifié et orchestré dans toute l'œuvre. Mis en place au chapitre I, au cours du repas chez Saccard, il atteint son maximum d'intensité au chapitre VI, lorsque les mêmes convives se ruent sur le buffet. « C'était un pillage, les mains se rencontraient au milieu des viandes, et les laquais ne savaient à qui répondre, au milieu de cette bande d'hommes comme il faut, dont les bras tendus exprimaient la seule crainte d'arriver trop tard et de trouver les plats vides » (p. 272). Ce pillage du buffet est homologique du pillage de la ville par les mêmes hommes. Le début du chapitre VII en donne un exemple.

Grâce à ce système d'échos, de rappels, de résumés, de variations, de prémonitions, Zola tisse solidement son texte. Le mécanisme dramatique fonctionne avec efficacité.

3 - PERSONNAGES

Zola organise son intrigue autour de trois personnages principaux, Saccard, Renée, Maxime. Il faut leur ajouter Sidonie, pour le rôle important qu'elle joue. Pour construire Aristide, Renée et Maxime, Zola part de trois types courants dans la production contemporaine : le spéculateur (dont les avatars sont multiples depuis Turcaret, voir Échos et Correspondances), la poupée parisienne, le petit crevé. Les deux premiers s'enrichissent jusqu'à se métamorphoser au cours du travail d'écriture, leurs parcours se différencient considérablement du schéma traditionnel initialement prévu par le romancier.

■ Saccard

C'est de lui que Zola part, c'est autour de lui que le récit s'organise. Il est derrière toutes les intrigues, principales et secondaires. Comme organisateur : il détermine les étapes de la vie de Renée et de Maxime. Comme modèle et complice : à côté de l'histoire de ses spéculations se développent les histoires de Larsonneau, des Michelin, de Laure d'Aurigny, de M. de Mareuil..., autant de micro-récits qui reprennent en écho le récit principal auquel ils sont étroitement liés par l'intermédiaire de Saccard.

La figure du spéculateur

Le 13 mai 1870, Zola publie dans *Le Rappel*, un article sur Balzac, dont il loue la prescience :

> « Et voilà que, quinze ou vingt ans plus tard, le Second Empire a réalisé les monstres de Balzac. (...) Tous les appétits ont été lâchés. Ils se sont rués à la jouissance immédiate, brutale, aiguë jusqu'à la folie furieuse. Ces grandes fortunes que Balzac maniait si complaisamment, elles ont poussé sous nos yeux, décuplées, scandaleuses. (...) On empoche maintenant les millions à la douzaine. Il faut bien vivre, et vivre c'est se jeter à tous les assouvissements. De nos jours, on rencontre Nucingen au détour de chaque rue : le loup-cervier est devenu légion : il a vécu de l'Empire et il soutient l'Empire. »

Âgé de 47 ans au début de l'intrigue, Saccard est d'abord conçu comme une illustration de cette vision, un type qui doit servir à dénoncer l'affairisme contemporain, les « fortunes nées en une nuit, comme des végétations honteuses, et emportées le lendemain par la furie du luxe ». Il est atteint par une maladie, qui est celle du régime impérial, « le chancre de la spéculation » (p. 104).

On peut lui trouver plusieurs modèles, littéraires : Mercadet, entre autres héros balzaciens, ou réels : l'homme d'affaires et banquier Mirès, qui fit faillite en 1861, ou les Pereire, banquiers et promoteurs immobiliers, ou encore Haussmann. Car le destin d'Aristide est d'emblée identifié par Zola à celui de Paris.

Comme la ville, il est toujours en équilibre. Il a d'énormes dettes qu'il cherche à combler par toute une série de moyens, en une fuite en avant continuelle.

Zola fait de Saccard le type des aventuriers dont l'Empire a lâché les appétits contenus depuis des années. C'est, note-t-il,

> « un homme emporté par une idée fixe : faire une grande fortune. Un homme enjambant tous les obstacles, ne s'arrêtant en chemin que pour jouir. Brutal, allant droit au but. Une volonté, en somme, dans le mal, dans la coquinerie, volonté privée de sens moral et acceptant tout. »

On pourrait parler de monomanie à la façon de Balzac.

Aristide Saccard, c'est d'abord un nom. Zola a toujours choisi le nom de ses personnages avec soin.

> « Nous mettons toutes sortes d'intentions littéraires dans les noms. Nous nous montrons très difficiles, nous voulons une certaine consonance, nous voyons souvent tout un caractère dans l'assemblage de certaines syllabes. Puis, quand nous en tenons enfin un qui nous contente, nous nous passionnons, nous nous habituons à lui, au point qu'il devient à nos yeux l'âme même du personnage. » (Lettre à Elie de Cyon, 29 janvier 1882)

Cette théorie, il l'a mise en pratique dans *La Curée.* Il insiste, par deux fois, sur le sens de l'assemblage des deux syllabes Saccard, « deux syllabes sèches » qui ont sonné aux oreilles de Renée, « les premières fois, avec la brutalité de deux râteaux ramassant de l'or » (chap. I, p. 53). Il fait choisir son nom par Aristide lui-même, dans une scène prémonitoire :

> « Saccard avec deux c… Il y a de l'argent dans ce nom-là ; on dirait que l'on compte des pièces de cent sous.
>
> (...) – Oui, un nom à aller au bagne ou à gagner des millions »

rétorque son frère Eugène.

Saccard, non Sicardot, le nom de famille de sa femme, suggéré par Eugène, parce que « c'est ganache et ça sent la faillite ». Et puis, dans Sicardot, n'y a-t-il pas « sot » ? Or, Aristide s'est déjà montré sot en n'ayant pas, lors du coup d'État de 1851, choisi le bon camp, comme les autres membres de sa famille. Sicardot, c'est aussi le passé, Plassans, la pauvreté, sa belle-famille, tout ce qu'il cherchera, plus tard, à effacer.

Bête affamée, habile crocheteur, Saccard a des besoins immédiats de jouissance. Son premier acte, en arrivant à Paris, est une prise de possession de la ville (voir chap II, p. 77-78). C'est un jouisseur, à la différence de son frère Eugène, un chaste qui économise son énergie, « rêve la puissance en grand » et dédaigne les trafics d'Aristide. Celui-ci ne comprend pas qu'il vive modestement. Il est poussé, lui, par un désir de revanche : effacer ses échecs de Plassans, sa misère passée, étaler sa réussite, satisfaire ses appétits. C'est bien le fils de sa mère Félicité, qui est poussée par une ambition féroce (voir *La Fortune des Rougon*). Zola multiplie, pour le caractériser, les métaphores animales qui découlent de l'image contenue dans le titre : il est loup, fouine, il a le flair des oiseaux de proie qui sentent de loin le champ de bataille.

« Né pour battre monnaie avec tout ce qui lui tomb(e) sous la main, femmes, enfants, pavés, sacs de plâtre, consciences » (chap. III, p. 137), il est « convaincu que la vie n'est qu'une affaire ».

Un poète des affaires

Toutefois, à la différence de Larsonneau et des autres affairistes, Saccard aime les affaires non pas tellement pour l'argent qu'il en retire, mais pour la jouissance qu'elles lui apportent. Elles lui permettent, en effet, d'exercer un goût du jeu qui est goût de la puissance. « Duper les gens, leur en donner moins que pour leur argent, était un régal » (p. 138). Il abandonne des milliers de francs à sa femme, mais monte une combinaison compliquée pour lui en soutirer cent. Il considère les autres comme des proies, il joue avec eux comme un chat avec une souris, il en fait ce qu'il veut (on songe au père Grandet de Balzac). C'est une sorte d'artiste, dans le genre, aidé par des qualités exceptionnelles.

Il est doué d'une grande rapidité d'esprit et d'une intuition remarquable. Il saisit « merveilleusement au passage les moindres indices de la curée chaude dont la ville allait être le théâtre ».

Il allie à cette finesse psychologique des dons prodigieux de comédien, une affabilité, voire une faconde toute méridionale, une extrême habileté à se servir de sa parenté... ou de la chance. Il arrive presque à conquérir le père et la tante de Renée, de grands bourgeois austères, d'une haute moralité, tout son contraire !

Il possède enfin une très grande ingéniosité, une invention extraordinaire. Cette qualité se retourne contre lui. Tant qu'il est associé avec les deux entrepreneurs en maçonnerie, Mignon et Charrier, ceux-ci canalisent son impétuosité. Lorsqu'il est seul, il est emporté par ses projets, construit trop et au mauvais moment. Il fait la culbute. Comme le lui dit Larsonneau, il est « très fort pour faire pleuvoir les pièces de cent sous », mais il ne sait pas « les ramasser » (chap. VII, p. 302).

C'est un poète, un poète des affaires. Son imagination peut l'entraîner trop loin. « Son cerveau bouillait. Il eût proposé sans rire de mettre Paris sous une immense cloche, pour le chauffer en serre chaude, et y cultiver les ananas et la canne à sucre » (chap. III, p. 136). Mais son enthousiasme est séduisant.

Un véritable auteur de roman

Saccard, tel un romancier, met en place des scénarios, les complique à plaisir, mûrit son plan avec dévotion, s'amuse à de grosses figures de mélodrame, goûte le succès d'un coup de théâtre qui réussit (voir chap. IV, p. 191, 206, 207 ; V, p. 232-233, 240). Son plaisir, sa vraie joie sont de faire croire à un interlocuteur un conte à dormir debout. À Larsonneau, à qui il vient de raconter la façon dont il a berné sa femme et qui doute qu'elle croie de « pareilles bourdes », il affirme : « Le fond de l'histoire importe peu ; ce sont les détails, le geste et l'accent qui sont tout. Appelez Rozan, et je parie que je le persuade qu'il fait grand jour. »

Tel est le pouvoir – le sien – que Zola donne à Saccard, après lui avoir donné des qualités qu'il n'a pas et dont il parera un autre de ses héros, lui aussi méridional et poète, Octave Mouret. Ce sont des images de ce qu'il aurait aimé être, séduisant, beau parleur, habile en société. Saccard est laid, mais sa « laideur tourmentée et intelligente » ne déplaît pas à Renée (chap. II, p. 102).

Une image étonnante peint la volonté de puissance qui l'anime. Alors qu'il contemple Paris du haut de Montmartre, autre Rastignac, Angèle voit avec un vague effroi « ce petit homme se dresser au-dessus du géant couché à ses pieds et lui montrer le poing, en pinçant ironiquement les lèvres » (chap. II, p. 105).

Saccard fascine Zola. Il en fait un individu complexe, ambigu. Si Aristide est un loup, il est aussi un forgeron. On ne sait trop ce qui peut naître de ses spéculations, de sa prodigieuse vitalité. Zola le prendra à nouveau, fait rarissime, comme héros d'un autre roman, *L'Argent* (1891).

■ Renée

Zola conçoit d'abord Renée comme une « poupée parisienne », type courant dans les romans et les pièces de l'époque, qu'il a lui-même déjà repris plusieurs fois dans des nouvelles ou dans un roman (*Le Vœu d'une morte*, 1866). Primitivement, le rôle de Renée consistait à faire souffrir son mari, en le ruinant. Mais le personnage prend très vite de l'épaisseur, son rôle dans l'économie du récit est totalement modifié. Sa psychologie est complexe et moderne.

Hérédité, éducation, milieu

Zola est tenu par les présupposés qu'il a affirmés dans ses notes préparatoires : l'influence sur l'individu de l'hérédité et du milieu. Par ailleurs, il cherche un « drame » qui anime le personnage. Aussi imagine-t-il son personnage comme « une fille grisée, une Parisienne que le tourbillon contemporain a emportée, mais qui se réveille à un moment fille de son père. »

Trois facteurs déterminent donc Renée, qui a 28 ans au début de l'intrigue : le tempérament, l'éducation, le milieu.

Zola n'insiste pas beaucoup sur la question de l'hérédité. Il le fera dans la pièce qu'il tirera du roman, *Renée*. M. Béraud y explique à sa fille la cause de ses grands chagrins. Sa femme n'est pas morte, comme on l'a fait croire à l'enfant, mais elle s'est enfuie avec « un amant, un secrétaire (...), un laquais ». « J'adorais votre mère, confie-t-il, je l'avais prise dans une famille de petits commerçants. Elle me devait sa fortune, je comptais sur son cœur... Plus tard, j'ai su qu'il y avait des vices dans cette famille, tout un détraquement cérébral. » (Acte I, scène 2)

Dans le roman, Zola se contente d'une allusion. « Sa femme était morte jeune. Quelque drame secret, dont la blessure saignait toujours, dut assombrir encore la figure du magistrat » (chap. II, p. 97). C'est à la mère de Louise de Mareuil, Hélène, que le romancier attribue « les débordements les plus honteux ». S'il développe longuement les conséquences de cette hérédité sur Louise (chap. III, p. 150), il se borne, pour ce qui est de Renée, à noter une propension au plaisir précoce. La jeune femme se rappelle comment elle a commencé à se dénuder dès l'âge de sept ans (chap. VII, p. 287). Elle a des « curiosités sans cesse renaissantes », des « désirs inavouables » semblables à ceux de Louise, dont Zola fait un double dégradé.

Mais, à la différence de ce qui se passe chez cette dernière, l'hérédité paternelle lutte chez Renée avec l'hérédité maternelle. « De tête, elle était bourgeoise (...) ; elle appartenait à son père, à cette race calme et prudente où fleurissent les vertus du foyer. » (chap. III, p. 138)

L'éducation qu'elle reçoit chez les dames de la Visitation, au lieu de canaliser ses « curiosités » et sa propension à l'excentricité, les développe. La moralité de sa sœur Christine, son double antithétique, sert à en montrer les effets néfastes et déterminants : elle n'a pas été élevée, elle, au couvent.

Dernière influence : le milieu dans lequel son mariage l'a jetée. Il exaspère le détraquement nerveux hérité de sa mère et développé par son éducation. Le « drame » de Renée est d'être tiraillée entre ces composantes diverses. Zola en tire des conclusions morales. Le personnage devient un symbole.

Un symbole

Renée est la reine de la société que peint le roman. Elle est la personnification de son luxe, de sa vie à outrance, de ses jouissances. De plus, Zola établit une analogie, qu'il souligne, entre le destin de son héroïne et celui de Paris. Elle est, à la fois, produit, incarnation et victime du régime :

> « On ne pouvait voter contre un pouvoir qui faisait pousser, dans le terreau des millions, une fleur comme cette Renée, une si étrange fleur de volupté, à la chair de soie, aux nudités de statue, vivante jouissance qui laissait derrière elle une odeur de plaisir tiède. » (chap. IV, p. 190)

Par le jeu des dates, Zola assimile le viol de la France par une bande d'aventuriers qui vont bouleverser la ville à celui dont a été victime Renée.

Il rend sensible ce parallélisme par l'utilisation des mêmes mots et des mêmes images. Saccard jette sa femme dans la vie à outrance ; il tente la ville et la jette dans « la folie de la pioche et du moëllon » (p. 135). Renée se détraque un peu plus chaque jour, comme la ville : « On sentait le détraquement cérébral, le cauchemar doré et voluptueux d'une ville folle de son or et de sa chair » (chap. III, p. 151). Saccard fait monter en Renée « le tapage de l'or et de la chair », dont « elle sentait maintenant le flot passer sur sa tête, en lui battant le crâne à coups pressés » (chap. VI, p. 287). « La ville n'était plus qu'une grande débauche de millions et de femmes. Le vice, venu de haut, coulait dans les ruisseaux, s'étalait dans les bassins, remontait dans les jets d'eau des jardins pour retomber sur les toits, en pluie fine et pénétrante » (p. 151).

L'assimilation est même totale : « Maxime lui-même commençait à être effrayé par cette tête où la folie montait, et où il croyait entendre, la nuit, sur l'oreiller, tout le tapage d'une ville en rut de plaisir. » (chap. V, p. 223)

Une victime

Renée est une proie, une victime. Elle est victime de sa famille, de son éducation, des institutions, de son mariage. Orpheline, laissée de côté par son père et sa tante, abandonnée au couvent, violée par un homme marié, mariée à un autre homme qui n'a de mari que le nom, Renée est désespérément seule. Elle a sans cesse froid. Lorsqu'on la voit, pour la première fois, elle est frileusement cachée sous une couverture de fourrure. Elle ressent constamment un vide, qu'elle cherche à combler par une quête effrénée de sentiment, de chaleur, de tendresse. Elle projette ce besoin d'affection sur deux êtres qui, au lieu de répondre à cet appel, se servent d'elle : Maxime, pour lequel elle se fait mère et amante et qui est lâchement prêt à l'accuser devant son père ; Céleste, qui la veille et la calme de ses mains froides, comme une mère, mais qui l'abandonne sans hésitation, fortune faite.

Renée est peu à peu dépossédée de tout, dépouillée de ses rêves, de ses espoirs, de sa fortune, de son corps. Elle ne comprend ni l'attitude de Céleste, ni la complicité de Saccard et de Maxime. Elle n'avait pas compris non plus que Mme Sidonie voulait la vendre ou que Saccard la grugeait.

Zola fait de Renée un personnage tragique. Il s'acharne sur elle comme s'il voulait la punir de s'être jetée de tout son être dans la passion et d'avoir mis toute sa volonté à l'assouvir. Elle prend conscience de son désir au chapitre I. Loin de le refouler, elle l'impose à Maxime. Elle ne vit plus que de ce désir. Quand son amant la quitte, elle est « vide » (chap. VII, p. 308).

L'image de la Femme

Le romancier paraît terrifié par la force et la volonté qu'il donne à la jeune femme. Renée se comporte en homme, du moins, elle a une conduite traditionnellement réservée à l'homme (chap. IV, p. 200). C'est peut-être pourquoi Zola a modifié son prénom : au lieu de Blanche, primitivement choisi, il préfère Renée, à la fois masculin et féminin, qui convient mieux à ce félin guettant sa proie et l'emportant presque à bras-le-corps dans la chambre à coucher pour la posséder tout entière (p. 195, 203).

Le détraquement de Renée, sa folie – elle est « folle de sa chair », l'expression revient sans cesse – viennent, en fait, pour Zola, bien plus que de son hérédité, de ce qu'elle est une femme. Comme telle, elle est une malade en puissance, un mécanisme délicat dont l'équilibre est constamment menacé parce qu'il est dominé par les nerfs. « Tu as tes nerfs », constate Maxime aux premières lignes. Il le répète peu après à M. de Mussy. Zola reprend les thèses développées par Michelet, un de ses maîtres à penser. Parmi les plantes de la serre, Renée est une grande fleur vénéneuse, sa bouche est telle une fleur de l'hibiscus géant (chap. IV, p. 203).

Renée est un corps, jamais décrit avec précision, mais dont la liberté, la nudité fascinent l'écrivain. Lorsqu'il peint l'appartement de la belle Mme Saccard, son imagination s'envole loin des modèles, si modèles il y a, tableaux, gravures, romans... La chambre et surtout le cabinet de toilette deviennent corps de femme amoureuse.

> « La jeune femme aimait à rester là, jusqu'à midi, presque nue. La tente ronde, elle aussi, était nue. Cette baignoire rose, ces tables et ces cuvettes roses, cette mousseline du plafond et des murs, sous laquelle on croyait voir couler un sang rose, prenaient des rondeurs de chair, des rondeurs d'épaules et de seins (...). C'était une grande nudité. » (chap.IV, p. 194-195)

Zola est entraîné par ses fantasmes. Son personnage prend des proportions mythiques.

■ Maxime

Le romancier reprend un stéréotype à la mode, celui du « petit crevé », « ce produit étonnant de notre jolie époque ». Qu'est-ce qu'un petit crevé ? Selon le Littré, c'est « un jeune homme livré à toutes les futilités de la mode. »

Zola en a rencontré, lorsqu'il était élève au lycée Saint-Louis. Il rappelle, dans ses souvenirs, l'humiliation qu'il a ressentie face à certains de ses condisciples :

> « Leurs cercles étaient d'une rondeur parfaite. Oh ! nos cercles de province, nos pauvres cercles aplatis comme des œufs, nos cercles qui ressemblaient à des outres crevées ! Quand je me hasardais à en tracer un, à Paris, je sentais derrière moi toute la classe qui riait, et cela m'humilait atrocement. Cette question des cercles n'a l'air de rien ; mais en réalité elle est la stricte expression de l'écolier parisien, brillant, beau parleur, la main leste et aussi adroite que la langue, et de l'élève provincial, lourd, gauche, ne trouvant pas ses mots, embarrassé de ses mains et de ses pieds. »

Zola n'a rien oublié dans son roman, et sa rancœur peut expliquer, en partie, la hargne avec laquelle il s'acharne sur Maxime. Voir, par exemple, les passages concernant la scolarité du jeune homme au lycée Bonaparte (chap. III, pp. 126-127).

Le personnage a, dans le roman, une triple fonction.

Premièrement, il sert la thèse scientifique sur laquelle le romancier appuie son œuvre : Maxime est accablé d'une hérédité chargée qui le ronge. On le verra dans *Le Docteur Pascal*, dernier volume et bilan de la série, paralysé ; il mourra jeune.

Deuxièmement, Zola se sert de ces analyses de caractère scientifique à des fins morales. Dans son esprit, ce type de personnage symbolise à lui seul la décadence, la décomposition de la société dans laquelle il vit et dont il est le produit.

« Homme-femme des sociétés pourries » (Préface de Zola), « être neutre » (leitmotiv du roman), Maxime, même s'il en joue le rôle dans le tableau vivant de M. Hupel de la Noue, n'est pas Narcisse. Égoïste avant tout, paresseux et lâche, autre épithète leitmotiv, c'est un parasite, un « mangeur de fortune toute faite ». Il se fait entretenir par Renée, il mangera en paix la dot de Louise. Son seul but, en effet, est de jouir, et de jouir sans tracas. Aussi est-il prêt à abandonner Renée quand elle devient trop violente, mais il attend passivement « une occasion qui le débarrasse de cette maîtresse gênante » (chap. V, p. 229).

Son troisième rôle dans le roman est de révéler à Renée les manœuvres de son mari. Être faible, il se venge de la supériorité de la jeune femme en goûtant une « joie lâche » lorsqu'il surprend le vol dont elle va être la victime (chap. V, p. 241, p. 248-249). Il met ainsi en marche le dénouement : Saccard, surpris par le changement d'attitude de son épouse, la fait espionner par Mme Sidonie (fin du chapitre V).

▪ Sidonie

C'est d'abord l'entremetteuse, dont l'intervention est nécessaire pour le déroulement de l'intrigue. Elle est à l'origine du remariage de Saccard ; elle provoque la découverte des amants par son frère.

Son rôle ne se limite pas à ces deux interventions capitales qui sont au point de départ et au dénouement de l'intrigue. Elle permet aussi au romancier de mieux rendre la complexité du personnage de Renée : Mme Sidonie est toujours auprès de la jeune femme aux moments de crise, elle la fait parler, provoque ses réactions. Elle est une sorte d'Œnone près de Phèdre.

Zola en fait aussi un double de Saccard. Sans âge ni sexe, (elle a 35 ans en 1853), toujours en mouvement comme son frère, « sèche comme une facture, froide comme un protêt, indifférente au fond et brutale comme un recors » (chap. II, p. 89), elle a le flair d'une fouine. Définie par un panier bourré de papiers, elle est, comme Aristide, l'intrigue personnifiée, dans ce qu'elle a de mystérieux, de souterrain. Elle est aussi une sorte de double de son frère Eugène, qui se sert d'elle, elle est l'éminence grise d'une éminence grise. Toujours vêtue de noir, c'est un personnage de l'ombre.

Elle est enfin, comme Saccard, comme tous les Rougon, emportée par une idée fixe. Elle vend tout, elle exceptée, monte des affaires compliquées, aime la procédure pour la procédure, mais se laisse prendre au jeu de son imagination. Elle a, elle aussi, comme Saccard, sa « fêlure » : elle croit à l'existence d'une dette de trois milliards que l'Angleterre devrait à la France.

C'est le seul personnage de *La Curée* dont Zola fasse un portrait à la manière de Balzac, une « belle page ». Sidonie rappelle d'ailleurs les personnages de Jacqueline Collin ou de Mme Nourrisson, louches marchandes à la toilette et âmes damnées de Vautrin, dans *Splendeurs et misères des courtisanes.*

▪ Les personnages secondaires

Zola crée, autour des personnages principaux, un certain nombre de personnages secondaires, qu'il caractérise brièvement, selon son procédé habituel. Il les construit souvent comme des doubles antithétiques des protagonistes principaux. Autour de ce noyau, que l'on retrouve d'une grande scène à l'autre, passe une foule de silhouettes indéterminées, destinées uniquement à donner l'illusion du réel : « cohue d'habits noirs et d'épaules blanches » au bal des Tuileries, filles qui arpentent le boulevard, flot de personnes du côté du bureau des omnibus, etc.

Ces personnages secondaires n'intéressent pas Zola en tant qu'individus. Tous, même les plus épisodiques, sont créés ou comme moteurs de l'intrigue ou, c'est le cas le plus fréquent, à des fins polémiques : ils servent à dénoncer le régime impérial. Leur choix, leur caractérisation sont déterminés par ce but.

Figures épisodiques

Notons, pour mention, quelques figures qui n'apparaissent que dans une scène ou deux. Elles n'ont d'autre fonction que de mettre en relief un trait d'un des personnages principaux et de développer les deux notes de l'or et de la chair. Ainsi :

– la petite Clotilde, dont Saccard se débarrasse. Les gens, y compris les siens, ne l'intéressent que s'il peut en tirer profit ;

– Angèle, la femme d'Aristide, construite en opposition à son mari : elle est grasse, il est maigre, elle est lymphatique, c'est du vif argent, et à Renée : elles ont une origine sociale, un physique, un caractère opposés. Angèle sert à dénoncer les appétits violents de Saccard et son ascension sociale.

Outre ce rôle dans la caractérisation de Saccard, Clotilde et Angèle sont les deux éléments d'une scène mélodramatique : la petite fille, curieuse, assiste à l'agonie de sa mère. C'est un des rares moments du récit qui s'écarte légèrement de l'intrigue principale pour laisser place, sous la recherche d'un effet de pathétique, à quelque fantasme du romancier.

– l'employé Georges : c'est un « amour de rencontre, trouvé et accepté dans la rue, (...) un [des] plaisirs les plus vifs » de Renée en quête d'inouï. Cette rencontre est une étape vers l'inceste (chap. III, p. 140) ;

– Christine Béraud, antithèse de Renée. Son rôle est de représenter ce que celle-ci aurait pu devenir si elle avait été élevée autrement et si elle avait vécu dans un autre milieu. « Certes, elle serait devenue meilleure, si elle était restée à tricoter auprès de la tante Elisabeth. » (chap. VI, p. 287)

Les porteurs d'informations

Quelques personnages sont, plus que les autres, destinés à faire passer une documentation technique nécessaire au récit. Ils n'ont pas pour fonction, comme plus tard dans *Germinal* ou *Au Bonheur des dames*, de présenter une information, la plus objective et la plus complète possible, sur un problème ou sur un milieu. Ils servent à stigmatiser un régime ayant permis que se multiplient les « canailleries ». C'est donc pour démonter les rouages de l'expropriation et ses escroqueries, les mécanismes des sociétés fictives, l'imbrication du politique et de l'économique, que Zola les crée. Il ne les étudie pas comme des individus ayant un itinéraire original. Il les conçoit comme des « types » (c'est le mot qu'il emploie) à valeur démonstrative : « À propos de l'affaire de l'expropriation, mes types, Toutin, Michelin, Gouraud ». Énumérons ces personnages, par catégories :

– les employés de la ville : Larsonneau, agent d'expropriation ; Michelin, chef de bureau de la Voirie ;

– les hommes d'affaires : M. Toutin-Laroche, ancien fabricant de bougies, conseiller municipal, directeur du Crédit viticole, membre du Conseil de surveillance de la Société générale des ports du Maroc ; deux maçons enrichis, Mignon et Charrier, devenus entrepreneurs ;

– les membres de la haute administration : M. Hupel de la Noue, préfet.

– les hommes politiques : un député, M. de Mareuil, candidat officiel du régime, ancien raffineur du Havre du nom de Bonnet, ayant épousé une jeune fille noble dont il a pris le nom (chap. III, p. 149) ; un sénateur, le baron Gouraud ; un secrétaire de ministre, M. de Saffré.

Une caractérisation polémique

L'intention polémique se lit dans l'échantillonnage retenu, ainsi que dans la caractérisation de ces personnages. Zola n'en fait pas de portrait. Il se contente de quelques élements qui vont dans le sens de sa thèse :

– *l'origine sociale*. Pour la plupart, elle est modeste : ce sont des parvenus dont la seule ambition est de satisfaire leur appétit d'argent et de pouvoir ;

– *le nom*, à la fois caractéristique sociale et caractéristique individuelle. Zola joue du « Monsieur », « Madame », du titre de noblesse. Il écrit toujours « M. Toutin-Laroche », « M. Michelin », « le baron Gouraud », mais « le sieur Charrier », « le sieur Mignon » ou « les Mignon et Charrier », « Larsonneau ».

Le choix des sonorités est évocateur : Charrier, Mignon pour les deux maçons mal dégrossis, Larsonneau, qui évoque larcin, l'or, « ce grand Lar », s'écrie Laure, qui l'assimile à l'argent, Laure d'Aurigny, dont le nom évoque deux fois l'or ;

– *un détail physique, un trait frappant, une attitude*. Zola, tel un caricaturiste, le met en relief, le grossit, le reprend jusqu'à en faire, parfois, une sorte d'épithète de nature, définissant le personnage : la main du baron Gouraud (« une main de vieillard sensuel, courte, épaisse, tachée de plaques violettes et couverte de poils roux ») ; la façon de parler de M. Toutin-Laroche, qui pérore dans le brouhaha, moulinant les sentences creuses, comme s'il était au Conseil municipal) ; l'attitude des deux maçons enrichis qui promènent « lourdement leurs fortes bottes, les mains derrière le dos, crevant leur habit noir » ;

– *un détail biographique* : le préfet Hupel de la Noue passe « huit mois de l'année à Paris ».

Dans tous les cas, le but poursuivi par Zola est de déconsidérer tous ceux qui servent le régime ou en profitent, du bas en haut de l'échelle sociale.

L'intention vaut pour l'Empereur lui-même et pour ceux qui le touchent de près, à l'exception, toutefois, d'Eugène Rougon, que Zola oppose à son frère Aristide. Tout ce que l'on sait du marquis d'Espanet, aide de camp de l'Empereur, c'est qu'il vient « de se rallier bruyamment, au scandale de la vieille noblesse boudeuse » (chap. I, p. 42).

Le personnage de l'Empereur

Napoléon III fait deux brèves apparitions, qui, toutes deux, le discréditent. Dans la première, grotesque, « au bras d'un général gros et court, qui soufflait comme s'il avait eu une digestion difficile », l'œil mort, la « face dissoute », il ne reprend vie qu'à une pensée égrillarde (chap. III, p. 155-156) ; la deuxième le montre vieilli, solitaire, un peu plus avachi, mais se réveillant au cri flatteur de Saccard (chap. VII, p. 311).

Ce qui mène la danse, ce sont bien toujours, partout, même au sommet de l'État, les appétits qui se déchaînent, appétits sexuels ou politiques, appétit d'argent ou de pouvoir.

Un système de couples souligne cette vision : l'Empereur avance au bras d'un général, comme le baron Gouraud, gras comme un éléphant, fait la paire avec M. Toutin-Laroche, grand et maigre. Ce sont des couples d'inséparables dans la canaillerie ou la débauche, qui rappellent celui que forment Suzanne et Adeline.

Mais, au baron Gouraud, dont les soixante-dix-huit ans fleurissent « en pleine débauche monstrueuse », qui étale ses chairs grasses au soleil, traversant avec profit tous les régimes, s'oppose un autre vieillard, M. Béraud du Châtel, qui, après le coup d'État, s'est enfermé dans une solitude hautaine, « républicain de Sparte, rêvant d'un gouvernement d'entière justice et de sage liberté ». Zola reprend cette antithèse symbolique et la souligne à la fin du chapitre VII. Elle renvoie à l'opposition des deux hôtels, l'hôtel Saccard et l'hôtel Béraud. Dans ce système de doubles dont les membres se ressemblent ou s'opposent, on peut jouer à déplacer les figures et mettre, face à face, Napoléon III et M. Béraud. On peut confronter ainsi deux régimes dont les deux hommes sont les symboles, l'Empire et la République – la République idéale à laquelle rêve l'écrivain.

4 - UN ROMAN POLÉMIQUE

Écrire un roman et faire œuvre d'historien paraît contradictoire. La difficulté s'accroît lorsque, comme Zola dans *La Curée*, il s'agit de raconter l'histoire d'une période proche ou même contemporaine du moment où on l'écrit. Difficulté supplémentaire : Zola est un opposant à l'Empire, il est de parti pris. Il se veut justicier. Il affirme cette volonté de dénoncer le régime de Napoléon III dans sa préface :

> « L'artiste en moi se refusait à faire de l'ombre sur cet éclat de la vie à outrance qui a éclairé tout le règne d'un jour suspect de mauvais lieu. »

Après la suspension du journal qui publiait le roman en feuilleton, il réaffirme :

> « Pendant trois ans j'avais rassemblé des documents, et ce qui dominait, ce que je trouvais sans cesse devant moi, c'étaient les faits orduriers, les aventures incroyables de honte et de folie, l'argent volé et les femmes vendues. (...) Devais-je me taire ? »

Conçue et en partie écrite lorsque fusaient de toutes parts des attaques virulentes contre Haussmann et les dépenses entraînées par les grands travaux de Paris, l'œuvre ne peut être que polémique. D'emblée, à travers un *vocabulaire dépréciatif*, *des images fortes*, le romancier impose une vision : celle de la France auberge, mauvais lieu de toutes les promiscuités et de toutes les hontes.

■ *La Curée*

Cette intention moralisatrice apparaît dès le titre. Zola l'emprunte à un poème des *Iambes* d'Auguste Barbier, dont il a mis deux vers en exergue à son manuscrit :

> « Du sang chaud, de la chair, allons, faisons ripaille,
> Et gorgeons-nous tout notre saoul. » (août 1830)

À la fin de *La Fortune des Rougon*, Silvère, jeune républicain idéaliste, qui a participé à Plassans au soulèvement contre le coup d'État, est fusillé par un gendarme. Pierre et Aristide, présents, n'ont rien fait pour empêcher le meurtre de leur neveu. La vieille tante Dide, qui a vu l'assassinat de son petit-fils, hurle sa douleur :

> « Malheureuse ! Je n'ai fait que des loups... Toute une famille, toute une portée de loups... Il n'y avait qu'un pauvre enfant, et ils l'ont mangé ; chacun a donné son coup de dents ; ils ont encore du sang plein les lèvres... Ah ! les maudits ! ils ont volé, ils ont tué. Et ils vivent comme des messieurs. »

Le second roman de la série développe l'image de la curée déjà posée ici. Les loups sont à Paris, où Saccard s'est abattu, au lendemain du 2 décembre, avec ce flair des oiseaux de proie qui sentent de loin les champs de bataille. » (début du chap. II)

À la fin d'une chasse à courre, on lance les viscères de la bête abattue aux chiens excités et affamés : on ne les a pas nourris avant la chasse pour qu'ils poursuivent mieux le gibier. Ils se précipitent, se disputent la nourriture : c'est la curée chaude. Comme ces animaux, Saccard et ses amis se disputent la Ville de Paris pour s'engraisser.

▪ Pillage et animalité

L'image de la curée, les comparaisons animales multiples et le motif de la dévoration qui lui sont liés, se développent tout au long de l'œuvre. Le roman commence et se termine par un grand repas. Au chapitre I, les convives se comportent correctement, admirant le bel ordonnancement de la table, l'accumulation de riches et de plats. Au chapitre VI, Zola ne donne plus à voir que des bêtes, aux appétits exacerbés, menant une « bacchanale de la bouffe », qui précède celle de la chair.

Plus d'individus, mais une masse indéfinie :

> « *On* se ruait sur les pâtisseries et les volailles truffées en s'enfonçant les coudes dans les côtes, brutalement. »
> « *On* ne l'écoutait pas (...). »

Le préfet, tel une bête de proie, guette un gigot, s'en empare et l'emporte (p. 272-273).

Zola emploie alors un mot, « pillage », dont le premier sens renvoie aux chiens se jetant sur le gibier : « Pille, terme dont on se sert pour exciter un chien à se jeter sur le gibier, pour lui faire entendre de manger un morceau qu'on lui jette, et aussi pour agacer un chien contre un autre », précise le *Dictionnaire Littré*.

Dans *La Curée* comme dans les autres romans des *Rougon-Macquart*, on entend toujours, partout, un « bruit colossal de mâchoires ». La loi du plus fort l'emporte. Zola donne la vision d'une société dont la seule règle est la satisfaction des appétits de toutes sortes.

▪ Des appétits dévorants

> « Il ne faut pas oublier que mon roman est le tableau vigoureux du déchaînement des appétits et des fortunes rapides et de surface. Tout doit être compris dans ce sens »

affirme Zola dans ses notes préparatoires. Aristide, précise-t-il, est poussé par un « appétit d'argent », Sidonie par un « appétit de bien-être », Renée par un « appétit de toilettes, de jouissance », Maxime par « toutes sortes d'appétits » qu'aucun « frein moral » ne vient réprimer.

L'image de la curée et celle de la dévoration se développent à deux niveaux : l'Empire a exacerbé la « bousculade des appétits » que 1789 a lâchés ; mais, plus profondément, au fond de chaque homme est tapie la bête humaine, instincts, pulsions, désirs, qui surgissent sans que la volonté puisse les réprimer.

Saccard prend possession de Paris, dès son arrivée (chap. II, p. 77-78) ; il déchire de sa main « les entrailles de l'énorme ville » (chap. II, p. 106). Il guette Louise comme une proie (chap. III, p. 151), il tend à Renée des pièges comme un chasseur (chap. V, p. 232), celle-ci se transforme en « bête amoureuse » qui emporte sa proie et la possède « tout entière » (chap. VI, p. 195, 203).

La nature monstrueuse de la serre (chap. IV, p. 201-203) est métaphorique de l'univers exubérant, violent, rapace, terrifiant, que peint le roman. Renée, Saccard, Paris tout entier sont emportés dans une « quête haletante » qui les conduit à la folie.

> « [Saccard] bâclait les affaires en deux paroles, résolvait vingt difficultés à la fois et donnait les solutions en courant. On eût dit que ce petit homme remuant, (...) se battait dans son cabinet avec les gens, avec les meubles, culbutait, se frappait la tête au plafond, pour en faire jaillir les idées. » (chap. III, p. 131-132)

Les personnages de *La Curée* sont emportés par une sorte de tourbillon infernal, les portes claquent, comme dans le « singulier appartement » que les Saccard habitent, rue de Rivoli, image d'une société malade d'impatience :

> « Appartement de tapage, d'affaires et de plaisirs, où la vie moderne, avec son bruit d'or sonnant, de toilettes froissées, s'engouffrait comme un coup de vent. » (chap. III, p. 132)

■ Une documentation orientée

Dans chacun de ses romans, Zola veut rendre compte avec précision, exhaustivité et vérité, d'un milieu différent. Il doit donc se documenter, lire des ouvrages techniques sur le sujet, rencontrer des informateurs, mener une enquête sur le terrain. Il prend des notes, nombreuses et variées, dont il nourrira l'œuvre. De leur validité dépend celle du roman.

Pour *La Curée*, cette information est de deux ordres. Elle concerne, d'un côté, la vie de la société impériale, de l'autre, les grands travaux de Paris. Dans les deux cas, Zola nous donne une vision orientée, qui va dans le sens de sa thèse.

La haute société impériale

Le romancier a rencontré une grande difficulté pour évoquer « le haut monde de l'Empire, (...), milieu luxueux où il n'avait jamais pénétré », comme le rappelle son ami Paul Alexis. Il n'a, en effet, jamais été invité à Compiègne, comme Flaubert ou les Goncourt (voir ci-dessus, p. 11-13). Il n'est pas, comme eux, un familier du salon tenu par la cousine de l'Empereur, la Princesse Mathilde, rue de Courcelles.

Il va se faire une idée à travers des souvenirs de lectures et surtout à travers des articles de journaux : ceux-ci, qui n'avaient pas le droit, sous le Second Empire, d'aborder des questions de politique et d'économie, multipliaient les « Échos », « On dit », « Faits divers ». Zola insère dans son roman certains extraits, en se contentant de modifications minimes, comme le montrent les deux exemples suivants :

La Curée, chap. I, p. 40	*Le Figaro*, « Échos de Paris », 10 avril 1870, Dossier préparatoire, f ° 390
« Malgré la saison avancée, tout Paris était là : la duchesse de Sternich, en huit-ressorts ; Mme de Lauwerens en victoria très correctement attelée ; la baronne de Meinhold, dans un ravissant cab bai-brun ; la comtesse Vanska, avec ses poneys pie ; Mme Daste, et ses fameux stappers noirs ; (...) Et encore Don Carlos, en deuil, avec sa livrée antique et solennelle ; Selim pacha, avec son fez et sans son gouverneur ; la duchesse de Rozan, en coupé égoïste, avec sa livrée poudrée à blanc ; (...)	« Avec le soleil, toute la haute *gentry* s'est montrée hier au Bois de Boulogne. Citons au passage : la princesse de Metternich, en huit-ressorts ; madame de Mercy-Argenteau, en victoria très correctement attelée ; la baronne de Rothschild, sur un ravissant cab bai-brun ; la comtesse Walewska, avec ses poneys pie ; madame Olympe Aguado, et ses fameux stappers noirs ; Émile Augier, en fiacre, revenant de chez Jules Janin ; Auguste Deveria, dans une victoria vert foncé (...) ;

toute la colonie américaine. Enfin deux académiciens, en fiacre. »	Isabelle la catholique, en grand deuil, avec ses trois enfants et sa livrée antique et solennelle ; Hussein pacha, avec son fez et sans son gouverneur ; la princesse de Sagan, en *coupé-égoïste*, avec sa livrée poudrée à blanc ; madame Rolle, en superbe landau découvert, et nos deux jolies maréchales ; (...) toute la colonie latino-américaine. »
La Curée, chap. IV, p. 176	*Le Figaro*, 25 mai 1870, Dossier préparatoire, f° 384
« Vous savez, ma chère amie, que je n'ai pas l'habitude d'éplucher vos dépenses. Je ne dis pas que certains détails de ce mémoire ne m'aient pas un peu surpris. Ainsi, par exemple, je vois, ici, à la seconde page : Robe de bal : étoffe, 70 fr ; façon, 600 fr ; argent prêté, 5 000 fr, eau du docteur Pierre, 6 fr. »	« La note de madame Achard est, du reste, un chef-d'œuvre, et c'est pour les maris la plus instructive des lectures. On y voit des choses inénarrables de ce genre-là : Robe de bal : étoffe, 70 fr ; façon 600 fr ; argent prêté, 10 000 fr ; eau du docteur Pierre, 6 fr. »

Que retient Zola ? Le luxe de cette société, qu'il dénonce (voir ci-dessous, p. 80 et suiv. et p. 100 et suiv.).

Les travaux d'Haussmann

Zola vit à Paris. Il s'intéresse tout particulièrement à la politique et à l'économie. Il collabore à des journaux d'opposition. Il connaît les articles de Jules Ferry dénonçant les dépenses engagées, sous le titre ironique, *Les Comptes fantastiques d'Haussmann*. Il porte déjà un regard critique sur la politique de Napoléon III.

Il se renseigne, par des lectures d'ouvrages techniques ou des conversations avec des spécialistes, sur les mécanismes administratifs et financiers mis en œuvre, sur le déroulement exact des travaux.

Mais Zola n'en donne qu'une vision partielle et partiale. Il décrit certes avec justesse les mécanismes montés pour les financer, la création de sociétés fictives, les emprunts énormes faits par la ville, les spéculations sur les terrains et les immeubles, la procédure de l'expropriation et les escroqueries qu'elle a permises, les liens étroits entre le milieu des affaires et la politique.

Mais il choisit de ne parler que de quelques réalisations qui lui servent plutôt de décor. Il en laisse de côté les aspects positifs. Il passe sous silence les travaux d'assainissement, la construction de nombreux bâtiments d'intérêt public, marchés, mairies, écoles, abattoirs, gares, prisons, etc., qui, dans l'esprit d'Haussmann, allait de pair avec le remodelage de la ville. Zola ne fait qu'entrevoir les conséquences bénéfiques du percement de grandes artères pour le dégagement des gares et le grand commerce – ce qu'il reprendra dans *Au Bonheur des dames.*

Dans *La Curée*, roman polémique, il se borne, comme l'opposition républicaine, à dénoncer le coût exorbitant des travaux, les pratiques financières d'Haussmann, les fortunes frauduleuses qui en ont découlé. Zola choisit de ne nous les faire voir qu'à travers les affaires véreuses de Saccard et de ses compères. Il ne voit que bouleversement, ruines, désordre, appétits déchaînés, folie. Il dénonce, selon ses termes, « la terrible comédie des vols contemporains. »

Il choisit aussi de faire « patauger » Saccard, non dans le premier réseau en voie de réalisation quand Haussmann entra en fonction, financé sans difficulté par la Ville de Paris et par l'État, dont on reconnaissait en général l'utilité, mais dans le second. Or, ce second réseau était largement contesté. Son coût énorme était supporté pour les trois-quarts par la ville et dépassa très largement les prévisions. C'est pour le financer qu'Haussmann usa d'opérations qu'on lui reprocha.

Zola, de plus, ne s'intéresse qu'à deux mécanismes de cette politique : l'expropriation (voir chap. II, p. 110) et les bons de délégation (voir chap. III, p. 135) parce qu'ils permirent toutes sortes de fraudes.

■ Les intrusions d'auteur

La Curée reste, en effet, pour le ton et les procédés utilisés, proche des articles que Zola écrivait, depuis 1868, dans les journaux d'opposition à l'Empire, c'est-à-dire au moment même où il songeait à son roman et se mettait à sa rédaction.

Dans les œuvres qui vont suivre, il utilise, le plus souvent, le procédé de la « vision avec » (ou focalisation interne) : le récit passe par le personnage qui voit, réagit, expérimente, travaille, se déplace. Ainsi c'est par le regard d'Étienne, par ses sensations, ses impressions que nous pénétrons et découvrons en même temps que lui le monde de la mine dans les premières pages de *Germinal*.

Dans *La Curée*, le narrateur, loin de s'effacer derrière ses personnages, intervient souvent dans le récit pour dénoncer l'immoralité de la société impériale et l'illégitimité du régime. Il arrive même à Zola d'oublier les bornes qu'il a fixées à son histoire (1862-1864) pour ne plus penser qu'au moment où il est en train de l'écrire, 1869-1870. Au chapitre II, il affirme, par exemple : « Les rouages de l'expropriation, de cette machine puissante qui, pendant quinze ans, a bouleversé Paris. » Il remonte de quinze ans en arrière, c'est-à-dire jusqu'à la nomination d'Haussmann comme préfet de la Seine et son implication dans les grands travaux, soit 1853-1854. Le texte renvoie donc à 1869-1870, au moment où Zola se documentait. Il a inséré telles quelles les informations qu'il rassemblait alors sur « les rouages de l'expropriation », mécanisme qu'il dénonce avec violence.

Le romancier vise donc à imposer au lecteur, sans recours à l'analyse ou au raisonnement, la vision de l'essor effréné du vice et de la cupidité. Ainsi dans ces lignes qui constituent par le choix d'images et de termes forts, par la répétition de la même idée, un jugement sans nuance de la période :

> « L'Empire allait faire de Paris le mauvais lieu de l'Europe. Il fallait à cette poignée d'aventuriers qui venaient de voler un trône un règne d'aventures, d'affaires véreuses, de consciences vendues, de femmes achetées, de soûlerie furieuse et universelle. Et, dans la ville où le sang de décembre était à peine lavé, grandissait, timide encore, cette folie de jouissance qui devait jeter la patrie au cabanon des nations pourries et déshonorées. » (chap. II, p. 85)

Le Second Empire se résume, pour Zola, au coup d'État, au viol de la France. Lorsqu'il présente Saccard pour la première fois, au chapitre I, Zola met l'accent sur « la tache rouge du ruban de la Légion d'honneur qu'il portait très large » (p. 55). Cette tache rouge renvoie à celle qui ensanglante le talon du soulier de son père, Pierre Rougon, à la fin de *La Fortune des Rougon* : il a marché dans le sang de son neveu Silvère, le républicain idéaliste.

■ L'ironie

Zola utilise un autre moyen pour attaquer la politique napoléonienne. Il la fait défendre par des personnages totalement négatifs, qu'il présente de manière caricaturale ; ainsi M. Toutin-Laroche, habile en affaires louches, ou le baron Gouraud, physiquement et moralement repoussant, deux habitués des Tuileries.

Il accable de son ironie la naïveté du maçon enrichi Mignon, qui avoue :

> « Vous avez bien raison, Messieurs, nous vivons dans un bon temps. (...) J'en connais plus d'un qui ont joliment arrondi leur fortune. Voyez-vous, quand on gagne de l'argent, tout est beau. » (chap. I, p. 63)

Le trait devient féroce quand on rapproche ce contentement béat des conséquences dramatiques des travaux décrites au début du chapitre VII : destructions, ruines, habitants chassés vers le faubourg, etc.

Les messieurs de la Commission contemplent ces ruines comme un spectacle « curieux » : « Ce coin de ville détruite, au sortir de la rue du Temple, leur semblait tout à fait drôle» (p. 296-297). Ils s'amusent même à patauger dans la boue ou à salir leurs beaux habits noirs avec la poussière des démolitions.

Zola va encore plus loin dans ce début de chapitre VII. Il insère un discours bourgeois sur la classe ouvrière entre deux descriptions du travail périlleux exécuté par des ouvriers :

> « Il n'y en avait pas beaucoup de bons. C'étaient tous des fainéants, des mange-tout, et avec cela, ne rêvant que de la ruine des patrons. »

Or ceux qui parlent ainsi ne doivent leur fortune qu'à ces démolisseurs qui risquent leur vie pour leur profit. Mais peu leur importe :

> « Bah ! c'est l'habitude. (...) ce sont des brutes. »

■ Parodie des mythes

Comme le faisait Offenbach à la même époque (voir Échos et Correspondances, p. 110 et suiv.), Zola utilise les mythes antiques, en les parodiant.

Il s'inspire de l'histoire de Phèdre et de la tragédie de Racine, mais la « nouvelle Phèdre » qu'il décrit manque de grandeur tragique.

Cette volonté parodique est surtout visible au chapitre VI, à travers les trois tableaux vivants mis en scène par le préfet Hupel de la Noue, sur le thème des Amours du beau Narcisse et de la Nymphe Écho.

Ce spectacle est d'abord la parodie de l'un des divertissements les plus prisés de l'entourage de l'Impératrice : on s'amusait à représenter à Compiègne des tableaux célèbres que les spectateurs devaient deviner.

Zola fait de ce divertissement un symbole de la société impériale pour essentiellement deux raisons. Il est non une création, mais une imitation : on se borne à représenter un tableau célèbre ; cette imitation ne peut être que reproduction dégradée du modèle, dont l'art et le contenu spirituel échappent. C'est un genre ambigu, car la vie se fige, les acteurs doivent rester immobiles pour devenir personnages de tableau.

Par ailleurs, Zola met toutes sortes d'intentions dans le choix du sujet : Narcisse ne vit que par la contemplation de sa propre image, comme la société impériale ne vit que du spectacle qu'elle se donne à elle-même : ainsi au Bois de Boulogne, ou dans les réceptions ou encore dans le second tableau vivant : les invités se pâment au spectacle de la grotte de Plutus, dieu des richesses et des métaux précieux. Paradoxalement et symboliquement, quand tout est imité, faux, dans ces tableaux, seules les pièces de monnaie sont vraies. « Ce ruissellement de coffre-fort moderne tombé dans un coin de la mythologie grecque, enchanta l'imagination des dames et des financiers qui étaient là. » (p. 264)

Quant à Écho, contrainte par Junon à ne répéter que la voix des autres, elle symbolise la vacuité de ces gens qui poursuivent des conversations convenues, alignent des phrases toutes faites, n'ont aucune existence, aucune pensée réelles.

Que ce soit sur le plan de l'architecture, des modes de vie, des activités culturelles, cette société n'est qu'imitation dégradée : l'hôtel Saccard est ainsi une « réduction du nouveau Louvre », exemple typique du style Napoléon III, ce « bâtard opulent de tous les styles » (voir chap. I, p. 51).

■ Une veine comique

Traits acerbes, formules assassines, croquis qui attrapent un geste, une attitude servent à Zola pour dénoncer les « hommes comme il faut » et faire tomber les masques. Ce talent de polémiste, qui s'est déjà exprimé dans *La Fortune des Rougon*, se donne libre cours dans *La Curée*. Un des meilleurs exemples est la description, au chapitre VI, de la réception donnée par les Saccard.

Zola peint la cohue, le tohu-bohu et s'arrête sur le comportement de trois « habiles », le galant préfet Hupel de la Noue qui, devenu un véritable chef de bande, s'associe aux deux maçons enrichis Mignon et Charrier. Zola brosse alors une brève scène de farce, très visuelle, particulièrement décapante :

> « Et ces messieurs soupèrent sur le coin d'une jardinière, au fond de la pièce. Ils ne retirèrent pas même leurs gants, mettant les tranches toutes détachées du gigot dans leur pain, gardant les bouteilles sous leur bras. Et debout, ils causaient, la bouche pleine, écartant

leur menton de leur gilet, pour que le jus tombât sur le tapis. » (p. 273)

La seule chose que semblent respecter ces nouveaux barbares est leur gilet ! Car ce gilet blanc leur donne l'apparence de gens « comme il faut ». Leur tactique pour s'emparer de boissons et de nourriture, leur manière de s'« empiffrer » est à l'image de ce qui se passe en France, dans les affaires. La réception chez les Saccard donne une vision dégradée des réceptions aux Tuileries, où se lient d'autres types d'alliances.

■ Une chronologie symbolique

Le récit se déroule de l'automne 1862 à l'été 1864. Mais Zola, à son habitude, ne donne aucune date précise. Il se contente de notations généralement vagues : « Un soir », « quelques mois plus tard », « au commencement de 1853 ».

Il fait également plusieurs allusions à des faits contemporains. Il évoque des événements politiques : le coup d'État de décembre 1851 et la révolte qui s'en suivit dans les départements du sud de la France, la guerre de Crimée, les élections de 1863. Il renvoie à certains des grands travaux d'Haussmann : aménagement du Bois de Boulogne, percement du boulevard Malhesherbes (inauguré le 13 août 1861), du boulevard du Prince-Eugène (ouvert le 7 décembre 1862), travaux de Chaillot (commencés en 1866). Il rappelle la condamnation de la Ville de Paris à payer des indemnités aux locataires évincés (arrêts des 25 août 1860 ; 7 mai 1861, 16 avril 1862). Il mentionne certaines manifestations de la vie parisienne : la représentation de *Phèdre* par la Ristori, celles de *Tannhäuser* (mars 1861) ou de *La Belle Hélène* (décembre 1864). Ces allusions, les lecteurs de l'époque pouvaient facilement les dater, à la différence des lecteurs modernes, qui ont besoin de notes ! C'est là une des difficultés du roman de la représentation du réel, qui s'ancre dans une époque révolue.

En fait, Zola substitue au temps des horloges une chronologie symbolique qui lui sert à dénoncer le régime.

Renée a été violée en 1851, comme la France le fut par Louis-Napoléon Bonaparte. Elle laisse entendre qu'elle a épousé Saccard l'année où a été institué le Second Empire, en 1852, ce qui est logique, puisqu'il faut donner un père à l'enfant qui va naître. Or ce mariage ne peut, quand on suit le récit, n'avoir eu lieu qu'en 1854, puisque Saccard n'est arrivé à Paris qu'au début de 1853. Il y a donc bien deux chronologies : une chronologie de surface, et une chronologie symbolique par laquelle Zola assimile totalement le destin de Paris et celui de Renée (voir Personnages, p. 48).

Par ailleurs, Zola ne recule pas devant des anachronismes pour les besoins de sa fiction et l'effet qu'il veut produire. Il repousse volontairement à 1864 le percement du boulevard du Prince-Eugène, achevé en 1862, pour pouvoir encadrer son récit entre deux grands percements de voies et donner à Saccard l'occasion de manœuvres frauduleuses.

En conclusion : *La Curée* n'est pas une œuvre d'historien, même si Zola s'inspire avec précision de l'époque qu'il décrit. Il part de faits qui, si on les prend un à un, sont vrais. Mais il s'en sert pour créer un univers romanesque par lequel il veut dénoncer le régime. L'intention moralisatrice prime, comme l'annonçait le titre.

Par l'amplification, les comparaisons, la métamorphose des hommes et des femmes en une meute d'appétits lâchés, les intrusions d'auteur, l'ironie, la caricature, l'utilisation de mythes dégradés, la parodie, il impose sa vision au lecteur.

3

THÈMES

1 - LA SOCIÉTÉ IMPÉRIALE

La Curée présente, non l'ensemble de la société du Second Empire, mais un monde restreint, « la haute sphère des parvenus », comme le précise Zola dans le plan qu'il a adressé à l'éditeur Lacroix, c'est-à-dire les profiteurs du régime, hommes d'affaires, hommes politiques liés au monde des affaires, intrigants et intrigantes, le monde du luxe et de la fête.

Il se situe dans la lignée de Victor Hugo, de Rochefort, de Pelletan et des autres polémistes de l'opposition. Napoléon III est un usurpateur, pense-t-il. Il a « volé » un trône grâce à une « poignée d'aventuriers », une bande de loups affamés prêts à tout pour satisfaire leurs appétits. Zola identifie la société qu'il peint au régime impérial. En dénonçant l'une, il attaque l'autre.

■ Une société décadente

À la manière des pamphlétaires contemporains, Zola assimile souvent la France à la Rome de la décadence, époque d'orgies et de débauches, où tout était licite.

Triomphe de la confusion

Il peint une société de la confusion, une « étrange époque de folie et de honte ». Il n'y a plus de règles morales, plus de barrières : catégories sociales, sexes, âges, tout est mêlé, brouillé, équivoque. Cette confusion générale, caractéristique de la décadence, Zola la rend sensible par un jeu de miroirs, de reflets, qu'il met en place dès les premières lignes. On ne peut plus distinguer ce qui est vrai de ce qui est faux, ce qui est solide ou naturel de ce qui n'est que décor de carton-pâte, ce qui est jeu de ce qui est sérieux, le masculin du féminin, etc. Dans cette société, le Mal n'existe plus, l'inceste n'est même pas une faute, tout est licite et justifié même par l'Empereur. Si Renée a quelques remords, ils s'évanouissent vite. Le scancale vient du fait que toutes les hiérarchies anciennes, sociales, morales, esthétiques, ont disparu.

Les courtisanes se conduisent « comme les dames du vrai monde », celles-ci les imitent. Chez Blanche Muller, Renée

> « se croyait dans son salon, par moments, lorsqu'elle se trouvait en face d'un groupe d'habits noirs souriants, qui, la veille, avaient chez elle le même sourire, en parlant à la marquise d'Espanet ou à la blonde Mme Haffner. Et lorsqu'elle regardait les femmes, l'illusion ne cessait pas complètement. Laure d'Aurigny était en jaune comme Suzanne Haffner, et Blanche Muller avait, comme Adeline d'Espanet, une robe blanche qui la décolletait jusqu'au milieu du dos. » (chap. IV, p. 161)

Une monde de l'équivoque

On ne peut plus distinguer femmes du monde et courtisanes. Les premières trouvent piquant de s'encanailler. Renée porte les bijoux de Laure d'Aurigny, ce qui excite la convoitise de ses amies : elles auraient souhaité « sentir sur leur peau nue un de ces bijoux que tout Paris avait vus aux épaules d'une impure illustre, et qui leur conteraient peut-être à l'oreille les scandales des alcôves où s'arrêtaient si complaisamment leurs rêves de grandes dames » (chap. I, p. 56). Renée se fait faire le même bracelet que Sylvia, une des maîtresses de Maxime (chap. III, p. 148). Elle adore écouter la chronique scandaleuse du demi-monde que lui fait son beau-fils (chap. III, p. 143-145). Elle va souper dans un cabinet du café Riche, comme Laure, comme « Marguerite, Paquita, Louise, Renée ». « Tiens, s'écrie-t-elle, il y en a une qui se nomme comme moi... » (chap. IV, p. 172).

Le petit Maxime se regarde pendant des heures dans un miroir, à la recherche de son identité. Il s'est cru fille, Renée l'appelle « Mademoiselle » (chap. III, p. 125). Zola parle, dans sa préface, de « l'homme-femme des sociétés pourries ». Mais, inversement, Renée se conduit comme un homme. Elle porte binocle, choisit ses amants. Maxime est, pour elle, « l'amant assorti aux modes et aux folies de l'époque », « une de ces débauches de décadence qui, à certaines heures, dans une nation pourrie, épuise une chair et détraque une intelligence » (p. 200-201).

Les lieux sont interchangeables. Dans l'hôtel de Blanche Muller, comme dans l'appartement de Laure d'Aurigny, comme dans celui de la rue de Rivoli ou dans l'hôtel Saccard, partout flotte l'odeur du bal Mabille, célèbre pour ses danseuses de French Cancan. Blanche Muller donne un bal (chap. IV) comme les Saccard (chap. VI). Des deux côtés, on s'y déhanche sur des airs célèbres dans les bastringues (p. 153, 271-273).

Père et fils ont la même maîtresse. Ils peuvent bien avoir la même femme. L'album de photographies de

Renée, où se mêlent portraits de ses amies, des hommes de son monde, d'acteurs, de courtisanes, d'actrices, de députés, d'écrivains, rend compte de ce « monde singulièrement mêlé ». Il donne une « image du tohu-bohu d'idées et de personnages qui traversaient » sa vie et celle de Maxime (chap. III, p. 144). Zola reprend plusieurs fois ce terme de tohu-bohu qui renvoie, dans la Genèse, au chaos primitif, pour peindre la société impériale ou le comportement de ses membres.

■ Une société malade

La société que peint *La Curée* est une société malade. Il lui manque autorité, modèles, règles. À sa tête, est un homme aux allures de vieillard, malade, vicieux, dont le pas vacillant est à l'image du régime. L'Empereur n'apparaît que deux fois dans le roman, à la fin du chapitre III, au bal des Tuileries, et à la fin du chapitre VII, au Bois de Boulogne. Ces deux portraits insistent sur sa mollesse. Débâcle morale, débâcle sociale seront bientôt suivies par une débâcle militaire : on se bat au Mexique, les « points noirs » s'accumulent, au lieu de s'en inquiéter, on en fait des figures de cotillon (chap. VI, p. 278).

Semblable à la France, la cellule familiale, noyau de toute société, éclate. Il n'y a plus de père. Un des premiers actes de Saccard, après son veuvage, est de se débarrasser de sa fille et, s'il rappelle Maxime, des années après, c'est parce qu'il songe « qu'un fils de cet âge le poserait » (début du chap. III). Un peu plus tard, il ne « s'inquièt(e) guère des deux enfants », Maxime et Renée, (p. 131). Il fera de son fils un compagnon de ses débauches. Même M. Béraud du Châtel est un père absent (chap. II, p. 97).

Il n'y a plus de mère non plus : Renée, Louise sont orphelines, Angèle meurt, Mme Aubertot a oublié sa nièce au couvent. Quant à Mme Sidonie, qui aurait pu être pour Renée une seconde mère, elle lui fournit des amants. Dans ce monde symptomatiquement sans enfants – celui de Renée meurt –, seule compte la satisfaction des appétits. Les liens sont distendus. Chacun a sa vie propre, court à son plaisir, s'affiche sans se soucier des siens. Renée a ses amants, Saccard ses maîtresses. Personne, dans cette société, qui n'ait « sa honte, sa plaie étalée et triomphante » (chap. V, p. 225).

Il n'y a plus de foyer où se retrouver, plus d'intimité. L'appartement de la rue de Rivoli ressemble à la salle des pas perdus d'une gare, les portes y claquent toute la journée, les époux n'y rentrent que comme on le fait dans une chambre d'auberge, entre deux excursions (p. 154).

L'Argent-roi a réifié toutes les relations. Mme Michelin « travaille » à la carrière de son mari avec la complicité de celui-ci. Saccard, alléché par sa sœur, est prêt, avant même la mort de sa femme, à échanger son nom contre une forte somme. Il se servira de Renée comme d'un ornement et d'un instrument pour ses affaires. Il ne voit en Louise qu'une dot.

Les individus n'existent plus comme tels. Ce sont des pions, des objets sur le grand échiquier du Désir, des appétits. Ceux qui attendent Saccard, dans l'appartement de la rue de Rivoli, ne sont que des habits, « robes de soie, jupes sales, blouses, habits noirs, qu'il accueill(e) du même ton pressé » (p. 131).

▪ Un univers de l'illusion

C'est une société sans fondement, qui n'a pas de racines : Napoléon III a volé son trône, Saccard bâtit son hôtel particulier sur un terrain volé, il « n'a que la façade d'un capital absent. » Dans cet univers de l'illusion, les marques extérieures de la richesse ont plus de valeur que sa possession réelle. Moins l'argent a de réalité, plus ses signes prolifèrent.

Le monde de *La Curée* est un monde de l'accumulation, de la profusion, de la surcharge : surchage de la décoration extérieure et intérieure des habitations, des vêtements (p. 55), « grande bouffe », accumulation des plaisirs (« Tu as mordu à toutes les pommes », dit Maxime à Renée). On peut voir dans cette attitude une tentative pour effacer l'origine : Saccard, par exemple, vend tout son mobilier de la rue Saint-Jacques, « afin d'effacer jusqu'aux dernières senteurs du passé. » Ou plutôt c'est un effort pour combler, masquer un vide sans fin : Renée, « tout à la fois rassasiée et inassouvie », aspire à « autre chose », sans deviner de quoi il s'agit. De toute façon, étaler sa richesse – ou les signes de sa richesse – donne une existence.

■ Un monde de la représentation

> « Du plaisir à perdre haleine,
> Oui, voilà la vie parisienne »

fait chanter Offenbach. Zola peint un Paris du luxe et du plaisir dans une série de « nocturnes » : réceptions, bals, cafés et restaurants à la mode où se retrouvaient gens célèbres et hommes d'affaires, actrices, demimondaines et filles. Zola insiste sur la vulgarité de cette fête et de ses acteurs. La société des parvenus de l'Empire a du mal à cacher ses origines. Le cotillon du chapitre VI, avec sa « mêlée confuse », ses figures indécentes ou grotesques donne une image de ce Paris noceur.

Un décor de carton-pâte

La Curée s'ouvre par une double description, celle du Bois de Boulogne, celle de l'hôtel Saccard, deux lieux symboliques. L'Empire a mis en place son décor, un décor de carton-pâte.

La comparaison est longuement menée. Avec ses pelouses étroites, ses étroites allées de jardin, son lac aux eaux dormantes, sans une écume, comme taillé nettement sur ses bords, les lignes théâtrales de ses sapins, ses feuillages pareils à des franges de rideaux savamment drapées au bord de l'horizon, les grâces savantes de ses points de vue, ses troncs minces et droits qui forment de curieux faisceaux de colonnettes, son Chalet des îles aux luisants de joujou neuf, ses falaises aimables, etc., le Bois ressemble à un décor de théâtre « fraîchement peint » (p. 42).

Dans cette nature élégante, savamment agencée, on est comme dans un salon. Zola revivifie une série de clichés accréditant la ressemblance : *nappes* vertes, *tapis* d'herbe, *miroir* clair du lac, propreté de *cristal*, grille basse pareille à un bout de *dentelle* noire.

Cette description ne prend sa valeur que si on la lie et l'oppose à celle de la nature véritable : hauts feuillages du parc Monceau ou vaste échappée sur la Seine, « la rivière vivante », au « gonflement puissant », à la « coulée colossale », aux robes précieuses et changeantes. D'un côté, tout est aimable, petit, savant, artificiel, faux – les allées du Bois sont bordées de grilles imitant les bois rustiques ; de l'autre, tout est vie, force, beauté, grandeur. Le régime a créé un décor à son image ; Maxime, « l'homme-femme des sociétés pourries », produit et incarnation de son époque, se plaît à contempler les grâces des points de vue qu'offre l'œuvre d'Alphand, qui lui ressemble.

L'hôtel Saccard est pareillement scène de théâtre avec ses draperies rouges qui encadrent portes et fenêtres comme des rideaux de scène, son grand escalier, que monte et descend Renée en actrice confirmée, ses miroirs, sa position surélevée sur une butte, ses éclairages. Ceux, par exemple, de la salle à manger concentrent la lumière sur le lieu où se joue la cérémonie rituelle et symbolique du repas. Le lecteur est comme le promeneur du parc Monceau qui découvre à travers les grandes baies vitrées encadrées de rideaux rouges les fastes intérieurs de l'hôtel Saccard. Il est convié à assister à un grand spectacle que le narrateur, dont le rôle et la voix sont prépondérants, lui montre et lui commente.

L'analogie entre la société impériale et le décor qu'elle a créé et dans lequel elle vit, impose la vision d'un régime sans racines, sans solidité réelle, illégitime, et dont la vie peut être aussi éphémère que celle d'un décor de théâtre.

Se donner en spectacle

Les calèches des promeneurs et promeneuses du Bois de Boulogne sont à la fois scène et loges de théâtre, leurs occupants, acteurs et spectateurs de la représentation qui est donnée. Renée prend son binocle pour détailler, accoudée à la portière de sa voiture, Laure d'Aurigny, comme elle le ferait d'une actrice ou de la salle avec une paire de jumelles dans une loge de théâtre. Elle est pareillement examinée. Point de mire, elle est imitée, les journaux parlent d'elle. Elle sait, comme un actrice, préparer ses entrées, se faire attendre, susciter les ovations (chap. I, p. 55).

Cette société se donne à elle-même son propre spectacle, comme si elle avait besoin, pour exister, de se renvoyer son image, à la manière de Renée qui se regarde dans les miroirs, se demandant, « avec ce doute des actrices les plus applaudies, si elle était vraiment délicieuse, comme on le lui disait » (chap. I, p. 53).

Les tableaux vivants imaginés par M. Hupel de la Noue offrent à tous les protagonistes réunis dans les salons de l'hôtel Saccard, la possibilité, grâce à l'alibi de l'art, de matérialiser et de voir matérialisés leurs désirs secrets. « Vous connaissez votre temps, Monsieur le préfet », commente M. Toutin-Laroche. Le spectacle reprend, sous un couvert mythologique, les thèmes et décors des féeries représentées sur les scènes parisiennes. Les dames peuvent, dans la première partie, exposer librement leurs charmes aux hommes, et ceux-ci peuvent les contempler et les commenter sans retenue. Les « deux inséparables » jouent leur propre histoire, comme Renée et Maxime. Au même moment, spectateurs et spectatrices se laissent aller à leurs désirs : « Dans les regards muets, se rencontrant au milieu de ce ravissement de bon ton, il y avait la hardiesse brutale d'amours offertes et acceptées d'un coup d'œil » (chap. VI, p. 260). Quant au deuxième tableau, il concrétise l'appétit de richesses qui les pousse tous.

Cette représentation, qui est spectacle de l'or et de la chair, renvoie à la société une image d'elle qui la ravit, et qui lui donne existence et justification. « On ne pouvait voter contre un pouvoir qui faisait pousser, dans le terreau des millions, une fleur comme cette Renée, une si étrange fleur de volupté, à la chair de soie, aux nudités de statue, vivante jouissance qui laissait derrière elle une odeur de plaisir tiède », pensaient déjà les députés du Corps législatif en voyant la jeune femme au bal du ministère (chap. IV, p. 190). L'entrelacement du spectacle et des conversations des « hommes graves » qui louent le régime, et la présence du ministre Eugène Rougon, renforcent l'effet.

Comme dans le second tableau vivant, où l'or se donne à voir, où tout, y compris les êtres vivants, n'est plus qu'or, la société impériale est parade. Chacun joue son rôle, l'emporte celui qui sait le mieux dissimuler sa nature.

Une sinistre comédie

Le but de Zola est d'arracher les masques. La société qu'il peint ne peut être qu'une parodie de société. Les fêtes tournent à la ripaille, l'histoire de la nouvelle Phèdre qu'il écrit tourne à la pièce de boulevard : son dénouement se déroule au son des flons-flons d'une valse, dans la débandade d'un cabinet de toilette dont les eaux usées et les linges souillés rendent dérisoire la confrontation entre les amants et le mari.

Tout est illusion et illusoire. En passant constamment d'un genre à l'autre, de la comédie de boulevard au drame, de la féerie à la tragédie, Zola donne l'image d'une société bâtarde, sans racines, sans règles, sans réalité profonde, où tout est ambigu, mêlé, artificiel, faux, à l'image du style éclectique de son architecture ou de ses promenades qui transforment la nature en salon ou en théâtre élégant. En développant la métaphore du théâtre, le romancier peut montrer l'endroit et l'envers, le décor brillant et les coulisses, unir les thèmes divers – l'or, la chair, la curée – dans une même perspective.

Il peut aussi, à l'orée de sa grande fresque, se faire prophétique. Le régime s'effondrera à Sedan.

2 - LA FEMME

Celle-ci est le sujet privilégié des romanciers du XIXe siècle. Étudier, en effet, son statut, sa place, son rôle dans la société de l'époque, leur permet d'analyser cette société, son fonctionnement, ses peurs, ses hantises. Dès qu'on parle de la femme, on parle morale, famille, éducation, santé, bonnes mœurs, argent, héritage, etc. Aussi la femme est-elle au centre de la fresque zolienne et de *La Curée* en particulier.

▪ La condition de la femme

À travers Renée, sa sœur Christine et certains des autres personnages féminins du roman, Zola pose, après Balzac, George Sand, Flaubert, la question de sa condition.

L'éducation

Il critique d'abord son éducation dans les couvents, où on ne la prépare pas aux réalités de la vie. Renée sera violée par le père d'une de ses amies chez laquelle elle était en vacances. Son ignorance la conduit à une catastrophe.

Par ailleurs, la vie en communauté pousse certaines des jeunes filles à nouer des relations homosexuelles : ainsi la marquise d'Espanet et Mme Haffner, les « deux inséparables » que Renée a connues en pension (chap. I, p. 42-43). L'homosexualité féminine est un thème à la mode. Dans *La Curée*, Zola s'en sert pour critiquer l'éducation des filles dans les couvents, mais aussi pour dénoncer la société impériale. La marquise d'Espanet est « une des plus illustres mondaines du Second Empire », et la femme d'un aide de camp de Napoléon III, Mme Haffner est « l'épouse d'un fameux industriel de Colmar, vingt fois millionnaire. »

Dès ses premières œuvres, le romancier s'est soucié de la question de l'éducation des filles, qui lui semble, comme à de nombreux contemporains, primordiale pour l'avenir de la société. Il en fait un des leitmotive de ses articles et de ses romans.

Il regrette les différences existant entre l'éducation qu'on leur donne et celle des garçons. Il en dénonce les conséquences sur la stabilité des mariages, donc de la société, garçons et filles étant des étrangers l'un à l'autre.

Il demande donc pour elles une formation solide, soustraite au clergé, une éducation développant le corps et l'esprit. Il refuse qu'elles soient élevées en vase clos et tenues ignorantes des réalités. Il souhaite en faire de véritables compagnes de l'homme et non des poupées, terme par lequel il désigne Renée.

Le mariage

Il revient aussi très souvent sur la question du mariage. Il critique ce qu'il est. Comme plusieurs romanciers du XIXe siècle, Balzac ou George Sand par exemple, il s'oppose à l'institution telle qu'elle a été définie par le Code civil de Napoléon Ier qui consacre l'exclusion sociale de la femme : celle-ci est traitée en mineure, « incapable » en matière financière : le mari gère sa fortune, elle dépend de lui ; il assure, de plus, seul, l'autorité parentale.

Le mariage, par ailleurs, *La Curée* nous en donne des exemples, est souvent de convenance, conclu pour diverses raisons, essentiellement des motivations financières. De sorte que, comme Saccard et Renée, les deux époux vivent chacun de leur côté, s'ignorent, ne forment pas un couple véritable. Louise de Mareuil, est littéralement vendue par son père à Saccard qui lui a promis de le faire élire député.

Zola voudrait, au contraire, que le mariage soit « une source de bonheur et d'amour entre deux êtres sages, exempts de préjugés », un « mariage de sympathie, basé sur une réciproque connaissance de caractère » (lettre de 1860).

Dans la société que peint *La Curée*, la femme est une victime, dont on se sert et qu'on abandonne ensuite, comme le font Saccard et Maxime de Renée. Tous deux l'ont traitée en « fille », que l'on entretient ou avec laquelle on prend du plaisir, mais pour laquelle on n'a ni respect ni sentiment véritable.

■ La femme objet

Renée n'est, en effet, pour Saccard, qu'un objet, qu'un moyen. Zola présente la jeune femme dès le premier chapitre. Lorsqu'elle pénètre dans le salon, elle est accueillie par « un murmure d'admiration » de l'assistance. Non pas tellement pour sa beauté physique. Zola ne la décrit pas avec précision, il se borne à quelques adjectifs plats, vides : « elle était vraiment *divine* », « les grâces de sa tête étaient *adorables* ». Mais il s'attarde longuement, comme les invités, sur sa toilette et ses bijoux superbes.

Dans cette société qui ne vit que par et pour la représentation, robes et bijoux disent la réussite des maris... ou le « prix » de celles qui les portent. On en connaît la valeur, on la dit, on la répète, on les commente dans la presse spécialisée (*La Mode*) ou dans les grands journaux comme *Le Figaro*, on les fait reproduire. Des premières aux dernières lignes du roman sonnent des chiffres énormes : 20 000 francs pour l'aigrette et la rivière que porte Renée (chap. I, p. 56), 136 000 francs dus au couturier Worms (chap. IV, p. 176), jusqu'à la dernière note laissée par la jeune femme à sa mort : 257 000 francs. Une blanchisseuse comme Gervaise, dans *L'Assommoir*, gagnait, en moyenne, 1,50 franc par jour, un peintre en bâtiment de 4 à 5 francs, mais il y avait environ trois à cinq mois de chômage non payé.

La toilette est reflet de celle qui la porte et, plus largement, miroir de l'époque, comme les façades des immeubles ou leur décoration intérieure. Les épaules de Renée sont « les fermes colonnes de l'Empire »

(p. 190). Ses robes luxueuses, audacieuses, provocantes détonnent dans l'hôtel Béraud. Cette élégance, en effet, dérange, sa « richesse est un peu chargée » (« un *flot* de volants » ; de « *grosses* touffes de violettes »). On retrouve, sur ces robes, la même prolifération d'ornements que sur la façade ou dans les pièces de réception de l'hôtel Saccard. Renée est bien reine de la mode, mais dans une société de parvenus qui l'admire pour l'originalité de ses « trouvailles ».

Aussi Zola décrit-il longuement toutes les robes qu'elle porte et se moque-t-il de Worms, nouveau Dieu de ce monde du paraître, « le tailleur de génie, devant lequel les reines du second Empire se tenaient à genoux » (chap. III, p. 129). Son salon est la chapelle de ce nouveau culte.

■ Une femme folle de sa chair

On peut suivre l'évolution de Renée en étudiant ses différentes robes, depuis la toute première que sa tante lui offre jusqu'à celle qu'elle ose porter au bal de la Mi-Carême. Elle dénude progressivement son corps. Elle retrousse les manches et rentre le col de celle qu'elle a reçue en cadeau de Noël dans son enfance (chap. VI, p. 287). Sur les conseils du petit Maxime, elle échancre sa tenue imitant l'habit de garde-française (chap. III, p. 124). Au chapitre I, « décolletée jusqu'à la pointe des seins, (...) elle sembl(e) sortir toute nue de sa gaine de tulle et de satin. » (p. 55). À l'avant-dernier chapitre, elle va jusqu'à offrir aux regards son corps entier.

> « Elle était en Otaïtienne. (...) un maillot couleur tendre, qui lui montait des pieds jusqu'aux seins, en lui laissant les épaules et les bras nus ; et sur ce maillot, une simple blouse de mousseline, courte et garnie de deux volants, pour cacher un peu les hanches. » (p. 270)

Audace exceptionnelle, à une époque où triomphent les robes longues et les crinolines !

Renée, qui médite ses toilettes, et fait preuve d'une « imagination hardie », obéit, non à un art de la séduction, qui dévoile en voilant, mais à une volonté de provocation, d'excentricité. Elle exhibe son corps sans aucune pudeur : « Dites, elle ne nous en avait jamais autant montré, dit plaisamment Louise à l'oreille de Maxime » (p. 271).

Lors de sa promenade au Bois de Boulogne, Renée évoque les bois sacrés où satyres et nymphes s'aimaient, pour les Anciens. Dès sa première apparition, elle est comparée à une de ces nymphes, à demi-dénudées, à l'image de celles qui sont sculptées au fronton de l'hôtel Saccard ou sur les candélabres qui ornent la table de la salle à manger. Un des sens du mot « nymphe », pour le *Grand Dictionnaire universel du XIXe siècle* de Larousse n'est-il pas : « femme de mauvaise vie » ?

Renée est une Parisienne grisée qui a la folie du luxe. Elle est nerveusement détraquée par la « vie à outrance » dans laquelle son mari la jette et par son hérédité.

Zola utilise plusieurs images pour peindre cette folie et ses dangers. Renée est liée au feu : elle est, comme Phèdre, brûlée par un feu dévorant. Elle-même dévore Maxime et ses autres amants. Car elle est un grand félin – la comparaison est reprise plusieurs fois – ou un sphinx, le monstre antique qui se repaissait des voyageurs ne sachant pas répondre à ses questions (chap. IV, p. 199-200, 203). Elle est encore une grande fleur vénéneuse. À la fin du chapitre I, elle est dans la serre, elle prend entre ses lèvres un morceau du Tanghin de Madagascar, une « plante maudite » dont le suc est un poison.

Un corps fantasmé

Zola reste toujours très pudique. Lorsque Renée devient la maîtresse de Maxime, il se contente de commenter : « Et tout fut dit » (chap. IV, p. 172). Ses ébats amoureux avec le jeune homme sont fantasmés à travers les descriptions des plantes de la serre, comme son corps l'est à travers celles de sa chambre et de son cabinet de toilette.

Dans l'appartement particulier de la jeune femme, tout est sensualité, formes arrondies, « luxe adouci ». Les meubles sont capitonnés, partout flotte une « odeur de chair fraîche mouillée », des parfums capiteux. Le rideau de son lit, « pareil à une jupe », fait « rêver à quelque grande amoureuse penchée, se pâmant, près de choir sur les oreillers. » Son cabinet de toilette est tout tendu de soie rose, de la couleur de la « chair nue ». La pièce prend « des rondeurs de chair, des rondeurs d'épaules et de seins. » Elle est, véritablement, le corps nu de Renée sortant du bain. Il y a va-et-vient constant entre chair et tissu, « la pièce, non seulement a reçu l'empreinte, la marque de son corps, mais (...) elle le continue, (...) elle retient quelque chose de sa peau, de sa chair » (Jean Borie).

> « Selon l'heure de la journée, on eût dit la peau neigeuse d'un enfant ou la peau chaude d'une femme. C'était une grande nudité. Quand Renée sortait du bain, son corps blond n'ajoutait qu'un peu de rose à toute cette chair rose de la pièce. » (chap. IV, p. 195)

Il y a interpénétration et assimilation des corps, du milieu, des objets.

▪ Une Vénus décadente

Vénus, Phèdre, Sphinx, Renée est la Femme, une femme fatale, cruelle, dangereuse. Dans ses nuits d'amour avec Maxime, elle est « l'homme ». Fasciné par son personnage, Zola l'agrandit aux dimensions d'une « Messaline géante ». Il la montre volontaire, passionnée, agissante, cherchant avec son amant des plaisirs et des frissons nouveaux dans la serre qui « aim(e) et brûl(e) avec eux. » Renée n'est plus alors qu'une bouche qui s'ouvre « avec l'éclat avide et saignant de l'Hibiscus de la Chine, dont la nappe couvr(e) le flanc de l'hôtel. »

Si elle s'ennuie, si elle est « triste », si elle trouve sa vie fade, c'est, explique Maxime, parce qu'elle a « ses nerfs ». Si elle rêve à « autre chose », à une autre vie, c'est qu'elle est névrosée. Une femme, affirme Zola avec son époque et Michelet en particulier, est un mécanisme délicat, toujours menacé de déséquilibre. Il faut rappeler qu'il a mis à l'origine de la famille des Rougon-Macquart une femme, Adélaïde Fouque, à laquelle il a donné, symboliquement, la tare féminine par excellence : elle est sujette à des crises nerveuses, qui la jettent « dans des convulsions affreuses ». Qu'elles appartiennent à la famille ou non, un certain nombre de personnages féminins zoliens sont malades nerveusement.

La femme est donc victime, victime de la société, victime de sa nature. Mais elle a un pouvoir terrifiant, qui fascine le romancier.

En peignant les débordements et les excentricités de son personnage, qui finissent par choquer même ses proches, Zola dit sa peur devant le corps et la sexualité de la femme. Aussi punit-il terriblement Renée parce qu'elle a revendiqué une liberté qui lui semble dangereuse. Elle refuse ouvertement la condition faite à la femme : elle ne se comporte pas comme une épouse, elle n'est pas mère. Elle ne cherche qu'à satisfaire ses désirs. Mais, ce faisant, elle se met délibérément en marge. Son drame, poignant, est alors celui de la solitude et du vide. À la fin du roman, elle constate qu'elle est arrivée à n'être qu'« une grande poupée dont la poitrine déchirée ne laisse échapper qu'un filet de son » (p. 288).

Nana donne la même vision du pouvoir maléfique et de la déchéance de la femme. La Vénus au miroir, amoureuse de son corps, désirée de tous les hommes, n'est plus, aux dernières lignes du roman, qu'un affreux amas de chairs décomposées.

Le naturalisme zolien n'est pas une plate reproduction de la réalité, une représentation objective de la société et de l'individu. Dans *La Curée*, en particulier, l'analyse est toujours subvertie par la passion polémique ou, comme ici, par la peur et les fantasmes personnels.

3 - ZOLA PEINTRE DE PARIS

Arrivant à Paris d'Aix-en-Provence en 1858, Zola a d'emblée été séduit par la ville. Il le rappelle dans la préface qu'il a donnée à *Une page d'amour* :

> « Aux jours misérables de ma jeunesse, j'ai habité des greniers de faubourg, d'où l'on découvrait Paris entier. Ce grand Paris, immobile et indifférent, qui était toujours là, dans le cadre de ma fenêtre, me semblait comme le confident tragique de mes joies et de mes tristesses. J'ai eu faim et j'ai pleuré devant lui, et, devant lui, j'ai aimé, j'ai eu mes plus grands bonheurs. Eh bien ! dès ma vingtième année, j'avais rêvé d'écrire un roman dont Paris, avec l'océan de ses toitures, serait un personnage, quelque chose comme le chœur antique. »

Cette admiration, il la partage avec ses amis peintres. Il est, comme eux, séduit par le paysage urbain. Lorsque, en 1888, il découvre la photographie, il prend de très nombreux clichés, du parc Monceau en particulier. Mais il est aussi sensible aux conséquences sociologiques des travaux d'urbanisation, à la géographie sociale du nouveau Paris. La ville, enfin, lui semble être le lieu à la fois de tous les progrès et de tous les vices. Elle devient, dans *La Curée*, un véritable personnage, agrandi à des dimensions mythiques.

▪ Le paysage urbain

Lorsque Saccard arrive à Paris, il commence par se promener dans la ville, par en prendre possession physiquement. Le romancier éprouve le même plaisir sensuel que lui à arpenter les rues. Il y reviendra longuement dans *L'Œuvre*. À la différence de Balzac, qui s'est surtout intéressé à la géographie sociale de la ville, il aime peindre les paysages urbains.

Dans *La Curée*, il brosse plusieurs tableaux de Paris, qui sont de véritables transpositions d'art, par lesquelles il cherche à rivaliser avec ses amis peintres : descriptions du Bois de Boulogne, du parc Monceau, panorama de la ville vue des hauteurs de Montmartre, boulevard des Italiens vu d'une fenêtre du premier étage du café Riche, coulée de la Seine vue du dernier étage de l'hôtel Béraud,... On reconnaît les sujets, les cadrages, les points de vue plongeants de nombreux tableaux peints par ses contemporains. Étudions sa manière de faire dans deux exemples.

Un tableau du Bois de Boulogne (p. 45-46)

Le roman s'ouvre par une promenade que fait Renée le long du lac du Bois de Boulogne. Récemment remodelé par Haussmann et Alphand, le Bois, qui vient d'être ouvert, est l'endroit où se retrouve le tout-Paris élégant, où il faut se montrer. La calèche est arrêtée un moment par l'encombrement des voitures. C'est une fin d'après-midi d'octobre. La jeune femme contemple « l'étrange tableau » que forment le lac et les arbres.

Le romancier dégage des plans, à la manière d'un peintre qui construit un tableau : au premier plan, le lac ; aux deux bords, les arbres ; au fond, des taches, des masses sombres ; dans le lointain, à la ligne d'horizon, une « lueur de braise », le soleil qui se couche. Au dessus, un « grand morceau de ciel ».

Comme les peintres impressionnistes, Zola veut rendre les jeux de la lumière et ses variations, donner la sensation du temps qui s'écoule : le jour tombe vite à la période de l'année qu'il choisit. D'où l'utilisation de comparaisons et de mots qui suggèrent plus qu'ils ne les décrivent avec précision couleurs, reflets, formes, évanescence de la lumière. Citons quelques exemples tirés de la page 45 :

– « comme une cendre fine » évoque une couleur gris argenté, donne une impression de flou, de brouillard ;

– « le jour pâle qui traînait encore sur l'eau » suggère une couleur imprécise (« pâle »), une sensation plus qu'une couleur, un reflet, un effet de lumière rasante (« traînait sur l'eau »), mais qui va bientôt disparaître (« encore ») ;

– « le lac s'arrondissait pareil à une immense plaque d'étain ». Zola reprend un cliché. Mais la comparaison évoque une couleur gris sombre, une surface sur laquelle la lumière se reflète ; du lac, on n'aperçoit plus qu'une forme ; les détails disparaissent à cause de la nuit qui tombe. L'œil ne voit plus que des masses, des volumes, des taches plus ou moins sombres.

On mesure l'acuité du regard à saisir le réel tel qu'il est, et les réussites d'une écriture propre à rendre le fugace, les passages d'un éclairage à un autre.

Zola va plus loin dans cette écriture de l'impression. Les calèches repartent. Renée a une dernière vision du lac, mais il fait presque nuit. Seule se détache, « nette et vigoureuse », la tache jaune que fait la voile latine de la grande barque. « Et l'on ne voyait plus que cette voile, que ce triangle de toile jaune, élargi démesurément. »

Remarquons l'utilisation de termes pris au vocabulaire des peintres (« se détachait nette et vigoureuse »), la connaissance du rapport des tons : une tache claire paraît plus grande sur un fond sombre (« élargie démesurément »).

Enfin, en peignant le même point de vue à deux moments différents, Zola esquisse une « série », comme ses amis peintres : Monet, par exemple, a peint des meules ou la cathédrale de Chartres à des heures et à des saisons différentes pour rendre, précisément, la variété des jeux de lumière et leur fugacité.

À ces impressions visuelles, Zola ajoute des impression auditives (« le trot des équipages »). Ailleurs, il est aussi attentif à d'autres types de sensations, chaud, froid, odeurs. C'est pour cela seulement que l'on peut parler d'écriture impressionniste, comme on parle de peinture impressionniste.

Le Boulevard à minuit

Renée soupe au café Riche. Elle va trois fois à la fenêtre, prétexte à trois descriptions du même point de vue. Zola brosse une véritable « série » de l'un des lieux à la mode, grand boulevard du nouveau Paris (p. 165-167, 169-170, 173). On pense à certains tableaux de Monet, de Pissarro ou de Manet.

L'écrivain s'intéresse essentiellement aux effets de la lumière et au mouvement de la rue. Renée est fascinée par le « flamboiement des devantures », le « tohu-bohu féerique de ces mille flammes dansantes », « la pluie de rayons qui éclairent les trottoirs ».

La description est précise quand elle regarde ce qui se passe sous la fenêtre. Mais au-delà, les formes s'estompent. Renée ne voit que la « ligne confuse » des files d'arbres, les promeneurs ne sont qu'un « grouillement noir », les fiacres des « roues grondantes ».

■ Une peinture expressionniste

Mais, dans *La Curée*, la description n'est jamais faite pour elle-même. Elle sert à faire passer les sentiments des personnages et le sens du roman. Le regard métamorphose, anime, agrandit. Renée ne reconnaît plus le paysage auquel elle est habituée.

Les tableaux sont chargés de sens par le romancier. Toutes les notations peuvent se lire à plusieurs niveaux : descriptif, psychologique, moral,... Ainsi la « cendre fine » évoque une couleur ; elle connote aussi la mort : on se couvrait la tête de cendre dans l'Antiquité, en rituel de deuil. La notation, « lueur de braise », un « coucher de soleil à demi-éteint », qui est à un premier niveau descriptive, introduit, à une deuxième niveau, le thème du feu, le mythe de Phèdre, petite-fille par sa mère Pasiphaé d'Hélios, le Soleil (voir Échos et Correspondances, p. 106). Renée est, comme Phèdre, un être de feu, dévoré par des désirs incandescents. Le feu, « à demi éteint », couve sous la cendre ; la menace pèse qu'il se rallume.

En choisissant de placer cette promenade lors d'une soirée d'automne, saison de transition, prélude à l'hiver, en mettant l'accent sur les jeux de la lumière, sur le mouvement des roues, en jouant de certaines couleurs : gris, brun, noir, roux, en utilisant des modalisateurs qui font hésiter entre réel et surnaturel (une sorte de, sembler, paraître,...), Zola crée un monde de reflets et de vertiges promis d'emblée à la débâcle, emporté vers la mort.

Significativement, le roman débute par un embarras de la circulation, un arrêt du mouvement, de la vie.

La description du paysage, sa transformation suivent la montée, dans la jeune femme, de son angoisse, de « la singulière sensation de désirs inavouables ». Le Bois de Boulogne, lieu attesté de l'élégance, devient, peu à peu, une sorte de bois sacré, un lieu mythique, une « clairière idéale », « une alcôve géante pour des amours géantes ». Pour la première fois, le terme d'inceste est prononcé. L'allusion aux amours des dieux et des déesses de la mythologie sert à transcrire les désirs secrets de Renée, ses rêves. Plus tard, quand elle sera devenue la maîtresse de Maxime, elle aura conscience de vivre, par comparaison avec « l'épopée antique », un « drame mesquin » (chap. V, p. 224).

Cette métamorphose du paysage a une deuxième signification, cette fois politique. Le Bois est une œuvre de l'Empereur. On sent, d'emblée, que cet univers factice est promis à la débâcle.

▪ Géographie sociale

La Curée se déroule, pour l'essentiel, dans trois grands lieux nettement distincts. D'abord la ville du tout-Paris impérial, riche, élégante, moderne : le Bois de Boulogne, le parc Monceau, près duquel s'élèvent de fastueux hôtels particuliers, les larges avenues percées par Haussmann, que bordent des constructions neuves, les Grands Boulevards brillant de mille lumières, avec leurs cafés, leurs restaurants à la mode et leurs théâtres, les Tuileries.

Opposé à ce Paris de la fête, du « tapage de l'or et de la chair », l'île Saint-Louis, restée en marge des transformations, a conservé ses hôtels et ses mœurs austères d'un autre âge. Cette opposition des mœurs et des valeurs, Zola la rend sensible à travers les descriptions antithétiques de l'hôtel Saccard et de l'hôtel Béraud (voir ci-dessous, p. 100 et suiv.).

On aperçoit à peine l'Est parisien, du côté de Charonne, éventré par les démolisseurs, proie des affairistes. On y construit des maisons de rapport. Sa population de petites gens est chassée vers les faubourgs.

Zola, comme Balzac l'avait fait avant lui pour la Restauration et la Monarchie de Juillet, dessine avec précision la géographie sociale du Paris contemporain. Il décrit les modifications entraînées par les travaux d'Haussmann.

Jusqu'à cette époque, les différentes classes sociales vivaient dans les mêmes immeubles, les riches aux étages nobles, sur rue, les artisans et les ouvriers aux étages supérieurs ou dans les immeubles sur cour. Désormais, la ville est divisée en quartiers distincts : l'Ouest riche, le Centre, où se concentrent affaires et plaisirs, l'Est habité par les classes moyennes. Les gens modestes sont rejetés au-delà des barrières de l'octroi, *L'Assommoir* décrira leurs conditions de vie.

Les différents appartements de Saccard

Le trajet qu'accomplit Saccard, de son arrivée à Paris à l'apogée de sa puissance, est tout à fait symbolique de cette nouvelle répartition des classes sociales et de son ascension.

Quand il arrive à Paris, avec à peine 300 francs en poche, il loue un fort modeste appartement rue Saint-Jacques, dans une maison ancienne, habitée par des petites gens, des artisans, des employés. Sa femme morte, sa fille Clotilde envoyée à Plassans, il va, grâce à l'argent donné par la tante de Renée, se « décrasser » et « se faire une respectabilité » dans « un coquet cinq pièces », situé dans une « maison sévère et respectable » du Marais, le quartier qu'habite son futur beau-père, M. Béraud du Châtel. Après son mariage et ses premiers succès en affaires, il s'installe dans un « superbe appartement dans une maison neuve de la rue de Rivoli », qu'on venait d'achever en 1854. Au faîte de sa puissance, il se fait bâtir, en 1860, un luxueux hôtel particulier, en bordure du parc Monceau nouvellement aménagé par Alphand et inauguré par Napoléon III le 13 août 1861.

■ Les deux Paris

Zola, dans *La Curée*, se borne à montrer l'ampleur des démolitions qui ont fait disparaître, à l'Ouest de Paris comme à l'Est, hôtels particuliers superbes (p. 108), pavillons, pâtés de maisons (début du chapitre VII).

Le nouveau Paris des Grands Boulevards et des Grands Magasins, il l'évoque, mais en une page. Les deux amants sont fascinés par la gaieté des rues, leurs couleurs, leur confort. Colonnes Moriss bariolées, foule animée, vitrines éclatantes, chaussées asphaltées, vastes avenues droites bordées d'immeubles neufs les emplissent « d'une satisfaction absolue et entière, d'une sensation de perfection dans la vie de la rue » (p. 212), qui est bien celle du romancier. Mais Zola se refuse à écrire, avec *La Curée*, le poème du Paris moderne, « tout secoué par l'immense labeur du siècle, (...) gros d'un monde ». Il le fera dans *Au Bonheur des dames*, par exemple.

Il décrit longuement, dans un diptyque aux deux volets antithétiques, qu'il charge d'une dénonciation morale, deux lieux symboliques : l'hôtel Saccard, image du Paris des parvenus et l'hôtel Béraud, image du Paris en train de disparaître.

Les deux hôtels représentent deux classes sociales, la nouvelle bourgeoisie d'argent et l'ancienne bourgeoisie de robe, honnête, à la fortune solidement assise. Zola s'inspire d'immeubles réels, mais il crée deux hôtels qui répondent aux nécessités de sa thèse.

L'hôtel Saccard

Celui-ci est « un des échantillons les plus caractéristiques du style Napoléon III, ce bâtard opulent de tous les styles ». Zola choisit un des traits de l'architecture de l'époque – l'éclectisme – et il le retourne contre le régime impérial. Persuadés, en effet, que n'existent pas un Beau intemporel, un Goût unique, mais que les notions de Beau et de Goût évoluent selon les temps et selon les lieux – idée que Zola défend, par ailleurs, avec force depuis longtemps –, les architectes du XIXe siècle ont utilisé et mélangé des formes du Moyen Âge, de la Renaissance, de l'Antiquité.

L'hôtel Saccard est un exemple de ce « French Style » imité partout en Europe et dont l'Opéra de Charles Garnier, qui unit les styles Louis XIII, classique, Renaissance vénitienne, baroque, s'est imposé comme un modèle de l'Allemagne au Brésil. Mais, en le désignant comme une « réduction du nouveau Louvre », Zola en fait un symbole du Second Empire. On notera les concordances qui existent entre sa description et celle de la bande d'affairistes qui soutient le régime d'un usurpateur sans racines ni avenir :

> « Cette grande bâtisse, neuve encore et toute blafarde avait la face blême, l'importance riche et sotte d'une parvenue, avec son lourd chapeau d'ardoises, ses rampes dorées, son ruissellement de sculptures. » (p. 51)

> « C'était l'heure où les aventuriers du Deux-Décembre, après avoir payé leurs dettes, jetaient dans les égouts leurs bottes éculées, leurs redingotes blanchies aux cou-

tures, rasaient leur barbe de huit jours, et devenaient des hommes comme il faut. Saccard entrait enfin dans la bande, il se nettoyait les ongles et ne se lavait plus qu'avec des poudres et des parfums inestimables. » (p. 99)

L'hôtel Saccard donne à lire, selon la théorie balzacienne, ses habitants et leurs mœurs : surcharge, étalage, écrasement de richesses disent le parvenu, les statues de femmes nues, provocantes, les faunes enlevant dans leurs bras des nymphes pâmées, sont l'image d'une société emportée par le plaisir. Or et chair, les deux notes du régime, éclatent sur sa façade, prélude au récit. Ces sculptures disent les audaces futures de Renée, folle de sa chair. « Les grandes femmes nues, (...) prenant des poses, parmi les poignées de joncs » du fronton annoncent la nymphe Écho, au beau corps de marbre blanc, « penchée languissamment sur le miroir de la source » du tableau vivant représenté au bal costumé de la Mi-Carême (chap. VI). Cette description du chapitre I fonctionne comme une mise en abyme du récit.

Même si le lecteur découvre l'hôtel au fur et à mesure des déplacements de Renée, la description est prise en charge par un narrateur critique, donc fortement surdéterminée. Elle a valeur polémique.

L'hôtel Béraud

Par opposition, l'hôtel Béraud montre « tout le luxe de l'ancienne bourgeoisie parisienne » (p. 117). S'il est froid comme un cloître, sombre comme un tombeau, c'est aux yeux de Renée et de son mari. Il est présenté, en effet, essentiellement à travers leur regard et leurs sensations, à travers la mémoire de la jeune femme. Sa première grande description, à la fin du chapitre II (p. 155 et suivantes) peut être attribuée au narrateur pour tout ce qui relève de l'architecture, aux seconds pour les couleurs, les sensations, les comparaisons. L'hôtel symbolise un Paris et une société en train de disparaître, devenus « étranges ».

L'hôtel Saccard est ruissellement d'or et de femmes nues, flammes de pierre, fouillis de plantes qui s'enroulent sur sa façade ou dans la serre. Pas d'œuvres d'art : les panneaux qui devaient recevoir des natures mortes, dans la salle à manger, sont restés vides, « le propriétaire de l'hôtel ayant sans doute reculé devant une dépense purement artistique » (chap. I, p. 57). C'est le triomphe du matérialisme.

L'hôtel Béraud est recueillement et austérité, « d'un luxe inusable et sans mollesse », les murs sont couverts de tapisseries anciennes et de portraits de membres des anciens parlements. Mais, à côté de cette solennité triste, il offre une échappée de soleil et de grand air. La surcharge de la décoration de l'hôtel Saccard donne une sensation d'étouffement, sa serre jette les amants « dans un éréthisme nerveux extraordinaire ». À l'opposé, la chambre des enfants, qui a été aménagée sous le toit de l'hôtel Béraud, est un « nid chaud et vibrant, un trou de soleil et de gaîté, un coin d'adorable enfance, de grand air, de lumière large », un paradis qui ouvre sur la vaste échappée de la Seine, où Renée retrouve son enfance et regrette son honnêteté perdue.

▪ Les visages de Paris

La ville est un personnage essentiel et complexe. Ses images se superposent, multiples, contradictoires.

Elle est le lieu du drame moderne. Elle draine toutes les ambitions et toutes les énergies. Elle est le centre de la politique et des affaires. Elle est capitale de la France, mais aussi de l'Europe. Les touristes affluent, attirés par les métamorphoses entraînées par les travaux d'Haussmann, par les expositions universelles, par le luxe et la « fête impériale ».

Zola oppose Paris à Plassans, la petite ville de province, morte, enfermée dans sa ceinture de remparts. Il utilise, pour peindre la capitale, les images romantiques : la ville est champ de bataille, creuset, vaste chantier, alambic, forge, océan, volcan… Mais, il faut le souligner, ce n'est pas l'avenir qui, dans *La Curée*, se forge dans Paris : ce sont des fortunes. Saccard voit fondre des quartiers et des lingots d'or. Zola, guidé par sa volonté polémique, multiplie une autre série d'images qui imposent la vision d'une ville complice, d'une « vaste alcôve », d'un « mauvais lieu » poussant au vice.

Paris est un véritable milieu, au sens scientifique du terme, qui secrète une « sève mauvaise » que Renée a prise par « la plante de ses pieds » :

> « Les pas des autres devaient avoir laissé là ces germes de poison, éclos à cette heure dans son sang, et que ses veines charriaient. » (chap. VI, p. 287)

Paris est aussi un grand corps mythique, un héros vaincu qu'on dépèce, une femme qu'on possède. « Ce grand innocent de Paris ! Vois donc comme il est immense », s'écrie Saccard (p. 105). La ville devient « une proie géante ».

La ville et la nature

Zola reprend l'opposition romantique entre la ville infernale, lieu de la débauche, et la nature, régénératrice. Mais il s'agit de la nature véritable, non de celle, factice, créée de toutes pièces par l'homme, le Bois de Boulogne aux allures de décor de théâtre, ou la serre. Dans ce dernier espace, croît, dans la moiteur, une végétation étrange, bizarre, inquiétante, qui pousse Renée à la faute.

Il reste, toutefois, dans la ville ainsi transformée, quelques coins de nature authentique : les hautes frondaisons du parc Monceau, la vaste échappée sur la Seine et l'infini du ciel que l'on a de la chambre des enfants de l'hôtel Béraud.

Mais il est trop tard pour que Renée soit régénérée par cette nature. La vue du parc Monceau, la nuit, lui remet le passé en mémoire, l'emplit de remords, « elle prom(e)t à la nuit noire de s'amender » (p. 54), promesse vaine. Quant à la chambre des enfants, elle ne peut que lui donner l'image du bonheur qu'elle a perdu et qui lui est à jamais interdit. Zola ne donne, dans *La Curée*, aucun espoir à ses personnages, aucune possibilité de retour en arrière. Nana, la fille entretenue, retrouve, elle, lorsqu'elle est à la campagne, une sorte de naïveté.

Le Paris que Zola donne à voir dans *La Curée* est « une ville folle de son or et de sa chair », le lieu où les appétits déchaînés peuvent se satisfaire. Il ne fait qu'une brève allusion au Paris de l'activité moderne. Il n'évoque jamais, comme il le fera dans *Le Ventre de Paris* par exemple, les réalisations de la nouvelle architecture du fer et du verre qu'il admire. Il ne rappelle jamais, comme le fait Hugo dans *Les Misérables*, le rôle du Paris révolutionnaire dressé contre les tyrannies. L'évocation qu'il fait, à travers les travaux d'Haussmann et leurs conséquences sociales, est avant tout polémique.

4

ÉCHOS ET CORRESPONDANCES

1 - LA RÉÉCRITURE DES MYTHES ANTIQUES

▪ Le mythe de Phèdre

Le mythe grec

Le mythe est raconté par plusieurs auteurs grecs et latins, dont Pausanias et Ovide. Il en existe plusieurs versions.

Hippolyte, fils bâtard du roi Thésée, voue un culte exclusif à la déesse Artémis, ce qui provoque la colère d'Aphrodite (Vénus). La déesse inspire à Phèdre, femme de Thésée, une folle passion pour son beau-fils. Phèdre érige un temple à Aphrodite, d'où elle peut voir Hippolyte s'entraîner au Gymnase. Dans le temple, croît un myrte et Phèdre, frustrée dans son désir, en perce nerveusement les feuilles avec une épingle.

Phèdre languit et sa nourrice lui conseille d'avouer son amour à Hippolyte. Il repousse avec horreur la liaison clandestine que lui propose sa belle-mère et l'accable de reproches. Phèdre crie au viol et se pend après avoir laissé une lettre accusant Hippolyte des pires crimes.

Thésée lit la lettre et maudit son fils. Il demande à Poséïdon de le châtier. Celui-ci fait surgir un monstre marin qui effraie les chevaux d'Hippolyte. Le jeune homme tombe de son char et se fracasse sur les rochers. Artémis ordonne qu'on lui élève un temple.

Dans une autre version, Aphrodite aurait voulu se venger d'Hélios, le soleil, qui avait dénoncé à son époux Héphaïstos ses amours coupables avec Arès. Aphrodite aurait donc poussé Pasiphaé, la mère de Phèdre, à avoir des relations monstrueuses avec un taureau. Phèdre porte en elle la malédiction maternelle.

Dans l'Antiquité, le mythe de Phèdre inspira Sophocle (tragédie perdue), Euripide (*Hippolyte porte-couronne*, 428 av. J.-C.) et Sénèque (*Phaedra*, 60 ap. J.-C. environ).

La Phèdre de Racine

En 1573, Robert Garnier écrit une tragédie sur Phèdre, puis Racine s'inspire à son tour du mythe. Sa pièce est créée en 1677.

Son mari Thésée passant pour mort, Phèdre, qui meurt d'amour pour son beau-fils Hippolyte, cède aux conseils de sa nourrice et déclare sa passion au jeune homme. Celui-ci aime Aricie et repousse Phèdre avec horreur. Le retour inattendu de Thésée met le comble à la confusion de Phèdre, qui veut mourir. Pour la sauver, la nourrice accuse Hippolyte d'avoir voulu la violenter. Phèdre veut disculper le jeune homme, mais elle apprend son amour pour Aricie et, jalouse, se tait. Thésée implore Neptune, qui suscite un monstre marin dont Hippolyte est victime. Phèdre, qui a bu du poison, révèle la vérité à son mari et meurt. Thésée réhabilite Hippolyte et adopte Aricie.

Racine suit d'assez près la tragédie d'Euripide, mais il s'inspire aussi de celle de Sénèque. Dans la tragédie antique, Phèdre et Hippolyte ne sont que de malheureuses victimes de la volonté des dieux. Racine donne à Hippolyte une faiblesse coupable, celle d'aimer la jeune Aricie, fille et sœur des ennemis de son père. Il atténue la noirceur de Phèdre, qui ne calomnie pas directement Hippolyte. Surtout, il rend Phèdre plus consciente du caractère criminel de sa passion. Phèdre est une chrétienne ; en proie à la tentation, elle a la notion et l'horreur du péché. Racine insiste également sur la fatalité du sang, la malédiction familiale qui pèse sur son héroïne.

La « nouvelle Phèdre » de Zola

Pour faire une « nouvelle Phèdre » et non une simple transposition du mythe à l'époque contemporaine, Zola fait se réaliser l'inceste. Il veut mettre l'accent sur la décadence des mœurs qui caractérise la société du Second Empire et son absence de moralité. Il retient cependant certains détails du mythe. La feuille de tanghin mordue par Renée jalouse de Maxime et de Louise (fin du chap. I, p. 76) rappelle le myrte de la légende. Malade de son désir, la jeune femme s'enferme dans sa chambre (chap. IV, p. 156). Pour séparer le fils du père, elle calomnie Maxime : « elle força son mari à connaître l'inceste, elle lui raconta que, le jour où il l'avait surprise avec Maxime, c'était celui-ci qui la poursuivait depuis longtemps, qui cherchait à la violenter » (p. 303).

Mais l'aventure de Renée n'est pas une tragédie. Elle en a elle-même conscience lorsqu'elle assiste à la représentation de la pièce de Racine : « Comme son drame était mesquin et honteux à côté de l'épopée antique ! » Renée meurt sans grandeur, dépossédée même de sa honte. Sa mort est futile, anecdotique, même si la méningite qui l'emporte symbolise la fièvre cérébrale qui l'a habitée toute sa vie.

Quelques autres réécritures

Outre la médiocre tragédie de Nicolas Pradon (1632-1698), que les adversaires de Racine lui opposèrent lors de la création de sa pièce, le personnage de Phèdre inspira un poème dramatique à l'Anglais Algernon Charles Swinburne (1837-1909), publié en 1866 et une des pièces les plus célèbres du poète italien Gabriele d'Annunzio (1863-1938), *Fedra* (1909). Dans cette œuvre, Phèdre surmonte sa passion au prix du désespoir.

Jules Dassin transpose le mythe dans le monde moderne dans son film *Phaedra* (1962). Phèdre (Mélina Mercouri) est l'épouse d'un riche homme d'affaires (Ralf Vallone). Elle s'offre à son beau-fils (Anthony Perkins) qui lui cède. Averti de cette liaison, le père a une violente altercation avec son fils qui se tue peu après dans un accident de voiture. Phèdre se suicide. « Le sujet perd toute sa noblesse et son atmosphère sacrée pour tomber dans le drame bourgeois conventionnel » (*Dictionnaire Bordas du Cinéma*).

▪ Le mythe de Narcisse et Écho

Le mythe antique

Narcisse, fils de la nymphe Liriopé et du fleuve Céphise, est un adolescent orgueilleux de sa propre beauté et indifférent aux amours qu'il provoque. Il repousse les avances de la nymphe Écho, condamnée par Héra à ne se servir de sa voix que pour répéter les paroles entendues. Il dédaigne les avances d'un jeune homme qui se tue et demande aux dieux de le venger. Artémis condamne alors Narcisse à tomber amoureux sans pouvoir posséder l'objet de son amour. Un jour, épuisé et assoiffé après une chasse, il se penche sur une source pour y boire et se prend de passion pour sa propre image reflétée dans l'eau. Écho l'assiste, répétant ses plaintes et l'adieu qu'il s'adresse à lui-même quand il meurt. De son sang naît une fleur. Écho se transforme en rocher. Dans certaines versions du mythe, Narcisse aime sa sœur jumelle. Désespéré par sa mort, il tente en vain de la retrouver dans son propre reflet.

Le mythe est évoqué par Ovide dans les *Métamorphoses*. À l'époque moderne, il a inspiré André Gide : *Traité du Narcisse* (1891) et Paul Valéry : *Fragments du Narcisse* (1922).

L'utilisation du mythe par Zola

Zola suit la légende dans les premier et troisième tableaux des poses plastiques imaginées par Hupel de la Noue. Au-delà de la représentation du mythe, le premier évoque l'amour de Renée pour Maxime qui veut la quitter. Le troisième annonce la mort de Renée, rejetée par Maxime qui n'aime que lui-même. Les éléments symbolisés dans les décors et les costumes renvoient subtilement à la thématique du roman selon le procédé de mise en abyme.

Le second tableau, lui, étranger au mythe, marque les intentions satiriques de Zola. C'est celui qui plaît le plus aux spectateurs hantés par la soif de l'or. Peu après avoir figuré dans ce tableau, Renée voit son mari sous les traits d'Héphaïstos dans sa forge, « se servant d'elle, ainsi que d'un métal précieux, pour dorer le fer de ses mains. » (p. 289).

Zola dénature intentionnellement le mythe pour accentuer l'aspect grotesque et vulgaire de la société impériale, seulement capable d'apprécier la mythologie antique sous la forme dégradée que lui offre, par exemple, les opérettes d'Offenbach.

▪ Le mythe antique chez Offenbach

La Belle Hélène

Créée en décembre 1864 au Théâtre des Variétés, l'opérette d'Offenbach, sur un livret de Meilhac et Halévy, est un triomphe, bien qu'elle dénonce, sous le couvert de la Grèce antique, les mœurs du Second Empire.

La scène se passe à Sparte. Lors d'un sacrifice fait à Adonis, Hélène implore Vénus de dispenser davantage d'amour sur le monde. Elle interroge l'augure Calchas sur « le concours de beauté du Mont Ida » dans lequel un berger a proclamé Vénus la plus belle des déesses. Pour le remercier, Vénus lui a promis l'amour de la plus belle femme du monde, qui ne saurait être autre qu'Hélène. Celle-ci déplore la fatalité qui pèse sur elle, alors qu'elle aurait voulu être « une bourgeoise paisible, la femme d'un brave négociant de Mitylène ». Arrive Pâris, déguisé en berger. Une colombe apporte une lettre de Vénus ordonnant à Calchas de présenter Pâris, incognito, à Hélène. Ceux-ci se plaisent à première vue.

Arrivent les rois de la Grèce pour inaugurer un concours de jeux d'esprit ouvert à tous. Agamemnon déplore que la Grèce manque de gens d'esprit. Une charade, un calembour, des bouts-rimés mettent aux prises les rois et le berger inconnu qui triomphe. Ainsi trouve-t-il la réponse à la charade : il s'agit du mot « locomotive » et Pâris s'enorgueillit « d'avoir trouvé ça quatre mille ans avant l'invention des chemins de fer ». Pâris découvre son identité. Hélène est ravie, elle l'invite à dîner pour sept heures. Ménélas les gêne. Calchas déclenche le tonnerre sur une plaque de tôle et annonce un communiqué de l'Olympe : Ménélas doit partir pour la Crète.

Au deuxième acte, Hélène résiste à Vénus et à Pâris. Elle demande à Calchas de lui procurer un rêve où elle puisse voir Pâris. Celui-ci profite de la situation mais Ménélas surgit inopinément. Hélène, persuadée qu'elle rêvait, proteste de son innocence. Ménélas reproche aux rois assemblés à côté, en train de banqueter et de jouer, de n'avoir pas veillé sur l'honneur de son épouse. Pâris est chassé.

Le troisième acte a lieu dans la station balnéaire de Nauplie. Vénus irritée a déclenché sur la Grèce une épidémie d'infidélités conjugales. Agamemnon et Calchas implorent Ménélas de sacrifier son honneur de mari au salut de sa patrie. L'augure de Vénus apparaît dans une embarcation : Hélène doit faire un pèlerinage à Cythère pour que la déesse pardonne. Ménélas accepte. Hélène embarque et Pâris se révèle sous l'aspect de l'augure de Vénus.

Orphée aux Enfers

Dans *Orphée aux Enfers* (1858, développé en 1874), Offenbach et ses librettistes ont déjà tourné les mythes antiques en dérision. Eurydice déteste la musique de son violonneux de mari et batifole avec un berger. Orphée courtise une nymphe, il est ravi d'apprendre la mort d'Eurydice. Mais l'opinion publique le contraint à réclamer son épouse aux dieux. Ceux-ci s'ennuient dans l'Olympe et organisent une partie aux Enfers. Jupiter et Pluton se disputent Eurydice. Jupiter triomphe : il déclenche sa foudre qui fait se retourner Orphée et transforme Eurydice en bacchante.

La réécriture du mythe : irrévérence ou satire ?

Certains contemporains ont vu dans ces œuvres un attentat sacrilège contre une Antiquité respectée par les érudits depuis la Renaissance. Zola, en particulier, souligne la grivoiserie et la vulgarité de ces spectacles. Dans *Nana*, roman écrit en 1878, l'héroïne figure dans une pièce calquée sur les opérettes d'Offenbach.

> « Ce carnaval des dieux, l'Olympe traînée dans la boue, toute une religion, toute une poésie bafouées, semblèrent un régal exquis. La fièvre de l'irrévérence gagnait le monde lettré des premières représentations ; on piétinait sur la légende, on cassait les antiques images. Jupiter avait une bonne tête, Mars était tapé. La royauté devenait une force, et l'armée, une rigolade. (...) On saisissait les allusions, on ajoutait des obscénités, les mots inoffensifs étaient détournés de leur sens par les acclamations de l'orchestre. Depuis longtemps, au théâtre, le public ne s'était vautré dans de la bêtise plus irrespectueuse. Cela le reposait. » (chap. I)

Mais les œuvres d'Offenbach, au-delà des allusions grivoises et des clins d'œil à l'actualité qui assurent son succès auprès du public, sont une violente satire des mœurs du Second Empire. Le Jupiter d'*Orphée aux Enfers*, familièrement appelé Jupin par son entourage, avec ses appétits sexuels débridés, est une caricature de l'Empereur. La bourgeoise Eurydice et Hélène, la grande dame, sont des femmes légères. Oreste est un « petit crevé » comme Maxime. Les dieux, rois et héros de la Grèce, stupides, vaniteux et noceurs, donnent une image peu flattée de la haute société impériale. Vénus triomphe sur toute la Grèce, transformée en une gigantesque bacchanale. En la personne de Calchas, le clergé n'est pas épargné. De manière bouffonne sont dénoncés le pillage de l'argent public (Oreste vit aux crochets de son père, mais c'est la Grèce qui paie), les petits jeux de société tels qu'aimait les pratiquer la cour impériale (les rois jouent au jeu de l'oie, trichent et se disputent). Les femmes du demi-monde s'introduisent dans la bonne société (deux courtisanes se faufilent au sacrifice et dans l'entourage d'Agamemnon), etc.

Si le public moyen s'amuse aux allusions grivoises, aux plaisanteries plus ou moins grossières dont fourmille le livret, le public plus cultivé peut goûter le véritable sel de ces œuvres : identifier les références à la mythologie, que la culture classique rendait immédiatement lisibles, et, à travers elles, déjouant la censure officielle, percevoir la satire implicite de la société contemporaine.

2 - FIGURES DU SPÉCULATEUR

Le type littéraire du financier peu scrupuleux, de l'homme d'affaires parvenu, accompagne et ponctue le rôle croissant de l'argent dans la société.

■ *Turcaret*

Dans sa comédie *Turcaret* (1709), Alain-René Lesage (1668-1747) fustige déjà les vices et les maux que Zola dénonce dans *La Curée* : rôle corrupteur de l'argent, fortunes mal acquises, exploitation des crédules, société mêlée et amorale, aimant le plaisir facile.

Turcaret est un ancien laquais parvenu à la fortune à force d'opérations malhonnêtes. Il participe aux gigantesques trafics qui s'opèrent autour de la collecte des impôts sous l'Ancien Régime. Il comble de présents une coquette au passé trouble. Celle-ci aime un jeune chevalier joueur qui l'exploite et s'entend avec son valet Frontin pour ruiner Turcaret. Le financier est arrêté pour exactions et Frontin parvient à voler tout le monde. Il conclut la pièce sur ces mots : « Voilà le règne de M. Turcaret fini ; le mien va commencer ! »

Cette pièce est en prise sur son temps. Elle dénonce le triomphe de l'argent dans la société. La guerre de Succession d'Espagne nécessite des dépenses énormes, d'où le recours à l'emprunt. Le système fiscal adjuge la collecte des impôts à des personnes privées, les fermiers généraux qui, eux-mêmes, sous-traitent les opérations. La noblesse appauvrie favorise l'usure et l'agiotage.

Dans cette comédie où tout le monde dupe tout le monde, chacun est un fripon déguisé qui veut paraître ce qu'il n'est pas et feint la vertu pour mieux escroquer son semblable. Turcaret se dit veuf pour obtenir les faveurs de la baronne, sa femme joue les comtesses. Le chevalier fait étalage de son amour pour la baronne afin de lui soutirer de quoi payer ses dettes de jeu. La sœur de Turcaret, revendeuse à la toilette et entremetteuse, pose à la fidèle épouse et à la bonne mère, les valets abondent dans le sens des passions de leurs maîtres pour mieux les voler. La cupidité va de pair avec le goût des plaisirs. L'ami du chevalier passe ses journées à dormir, ses nuits à jouer et à boire. Turcaret est un type de parvenu, féroce en affaires mais rustre, ignorant, snob et jouisseur. Il n'y a pas de morale à la pièce. Si Turcaret est démasqué, des coquins plus vils encore triomphent.

■ *Mercadet ou le Faiseur*

Cette comédie de Balzac (1799-1850) a été jouée en 1851, dans une version remaniée.

Mercadet est un spéculateur en Bourse sans scrupules. Acculé à la faillite, il veut faire faire à sa fille un riche mariage. Mais le prétendant se révèle être couvert de dettes. Mercadet tente de le faire alors passer pour son ancien associé, Godeau, revenu des Indes avec une grosse fortune. Il espère ainsi désintéresser ses créanciers et tenter un coup de Bourse audacieux. Mais sa femme fait échouer son plan. Le retour du vrai Godeau sauve Mercadet *in extremis* . Revenu de sa fièvre de spéculation, il décide d'acheter une propriété en province et de se consacrer à l'agriculture.

Balzac a voulu peindre « le combat d'un homme contre ses créanciers, les ruses dont il se sert pour leur échapper ». Mercadet, comme Saccard, ne cesse de spéculer sur toute chose mais n'a jamais un sou devant lui. Sa caisse « se vide comme un verre ». Il rebondit toujours. Sa femme est « une enseigne pour un spéculateur » et les bijoux qu'elle porte doivent signifier la prospérité fictive de son époux.

> « Aujourd'hui, dit Mercadet, tous les sentiments s'en vont, et l'argent les pousse. Il n'y a plus que les intérêts parce qu'il n'y a plus de famille, mais des individus ! (...) L'avenir de chacun est dans une caisse publique ! (...) On paye sa dette à la patrie au moyen d'une agence qui fait la traite des blancs ! Enfin, tous nos devoirs sont en coupons ! (...) Ayez vendu du plâtre pour du sucre, si vous avez su faire fortune sans exciter de plainte, vous devenez député, pair de France ou ministre ! (...) La vie est un emprunt perpétuel ! »

Mercadet bat monnaie avec les siens et conçoit le mariage de sa fille comme une opération financière. Le prétendant est un jeune décavé. Il a « goûté aux fruits acides, enivrants du plaisir parisien. La vanité [lui] enfonce à plein cœur l'acier de ses griffes. » Il a « fait du luxe le compagnon inséparable de [son] existence. »

■ *L'Argent*

Dans *L'Argent* (1891), Zola revient, avec le personnage de Saccard, sur le thème de la spéculation.

À l'ouverture du livre, Saccard, ruiné, reprend ses activités à la Bourse, bien décidé à refaire sa fortune. Inspiré par deux de ses voisins, Mme Caroline et son frère, l'ingénieur Hamelin, il monte une société de banque ayant pour but de financer de gigantesques travaux de mise en valeur du Moyen-Orient.

Un coup de Bourse le met au sommet de la réussite : averti avant tout le monde de l'armistice conclu entre la Prusse et l'Autriche, il achète quand tout le monde vend encore. Mais il est en butte à l'hostilité de la banque juive, personnifiée par le financier Gundermann, homme froid et de mœurs austères. Le goût effréné de Saccard pour la spéculation le conduit à nouveau à la ruine. Sa machine emballée explose, entraînant celle des petits actionnaires auxquels il a fait miroiter la fortune.

Emprisonné, il échafaude cependant de nouveaux projets. Condamné à cinq ans de prison, il disparaît à l'étranger, avec la complicité de son frère Eugène. Il lance une nouvelle grande affaire : l'assèchement de marais en Hollande.

Dans le dernier volume de la série, *Le Docteur Pascal* (1893), est évoqué le dernier avatar de Saccard. Grâcié, il rentre en France, se rallie à la République et devient directeur d'un journal. Pour s'approprier la fortune de son fils Maxime, il hâte sa mort, en favorisant sa vie de débauche.

Une vision moins noire de l'argent

De *La Curée* à *L'Argent*, on peut mesurer l'évolution de la pensée de Zola. Saccard reste un spéculateur cynique et débauché. Mais la spéculation financière n'est plus, dans la seconde œuvre, flétrie avec autant de véhémence. L'argent a un rôle positif, il est un facteur de développement, de progrès et de civilisation.

> « La spéculation, le jeu est le rouage central, le cœur même, dans une vaste affaire comme la nôtre. (...) Il appelle le sang, il le prend partout par petits ruisseaux, l'amasse, le renvoie en fleuves dans tous les sens, établit

> une énorme circulation d'argent, qui est la vie même des grandes affaires. Sans lui, les grands mouvements de capitaux, les grands travaux civilisateurs qui en résultent sont radicalement impossibles. (...) Il faut un projet vaste, dont l'ampleur saisisse l'imagination ; il faut l'espoir d'un gain considérable, d'un coup de loterie qui décuple la mise de fonds, quand elle ne l'emporte pas ; et alors les passions s'allument, la vie afflue, chacun apporte son argent, vous pouvez repétrir la terre » (chap. IV)

dit Saccard à Mme Caroline qui constate, à la fin du roman :

> « L'argent, jusqu'à ce jour, était le fumier dans lequel poussait l'humanité de demain ; l'argent, empoisonneur et destructeur, devenait le ferment de toute végétation sociale, le terreau nécessaire aux grands travaux qui facilitaient l'existence. »

À l'image de Paris, ville éventrée, violée, dans *La Curée*, s'oppose dans *L'Argent*, l'Orient sortant de son enlisement et de sa misère, des ports désensablés, des villes édifiées, des routes construites. Caroline est l'antithèse de Renée, elle est énergique, équilibrée, raisonnable et saine, malgré tous les chagrins de sa vie.

■ *Mont-Oriol*

Ce roman de Maupassant, publié en 1887, met principalement en scène un homme d'affaires, Andermatt, sa femme Christiane, le frère de celle-ci, le comte Gontran de Ravenel, un jeune élégant, et son ami, Paul Brétigny, plus passionné.

Séjournant dans une petite station thermale auvergnate, Andermatt assiste à la découverte inopinée d'une source d'eau minérale. Il a l'idée de créer autour une véritable ville d'eau. Il achète la concession au paysan Oriol, monte une société et s'entoure d'un ingénieur et de médecins. Un an plus tard, est inaugurée une station moderne, baptisée Mont-Oriol, dotée d'un casino, d'un grand hôtel, d'un pavillon de gymnastique orthopédique, de maisons mises à la disposition des médecins, etc.

L'aventure de Christiane se déroule en marge de ces spéculations financières. La jeune femme a fait un mariage de raison. Elle s'éprend de Paul Brétigny, lui cède, éprouve des remords et de la honte mais aime follement son amant. Il se détache d'elle très vite, d'autant qu'elle devient enceinte. Amère et seule, Christiane trouve refuge dans l'amour pour son enfant.

Andermatt, Christiane et Gontran évoquent le trio de *La Curée* : l'homme d'affaires, la femme adultère et le jeune homme à la mode. Mais les thèmes sont traités sur le mode mineur. Andermatt n'est ni un coquin ni un rustre. Il aime sa femme, même si, enfiévré par sa nouvelle entreprise, il la néglige un peu. C'est un homme riche qui ne croit qu'à la valeur de l'argent.

> « Le grand combat, aujourd'hui, c'est avec l'argent qu'on le livre, dit-il. Moi, je vois les pièces de cent sous comme de petits troupiers en culotte rouge, les pièces de vingt francs comme des lieutenants bien luisants, les billets de cent francs comme des capitaines, et ceux de mille comme des généraux. Et je me bats, sacrebleu, je me bats du matin au soir contre tout le monde, avec tout le monde. Et c'est vivre, cela, c'est vivre largement, comme vivaient les puissants de jadis. Nous sommes les puissants d'aujourd'hui, voilà, les vrais, les seuls puissants ! »

Andermatt se sert de la situation de son beau-frère, qui est couvert de dettes, pour l'obliger à épouser une des filles Oriol. Il met ainsi la main sur les terres du père. Il parvient à contrôler la totalité des terrains et rachète l'ancien établissement thermal concurrent du sien.

Gontran appartient, comme ses amis, à la race des Maxime :

> « Forts élégants, (...) ils vivaient avec l'unique souci de s'amuser, de cueillir des femmes, de faire parler d'eux et de trouver de l'argent par tous les moyens possibles. (...)
>
> À force d'employer des ruses pour trouver l'argent nécessaire à leur vie, de tromper les usuriers, (...) de connaître et de mettre la main dans certains tripotages de bourse ou d'affaires louches pour en tirer quelques louis, leur sens moral s'était émoussé, s'était usé, et leur seul point d'honneur consistait à se battre en duel dès qu'ils se sentaient soupçonnés de toutes les choses dont ils étaient capables ou coupables. »

Quant à Christiane, elle fait vite bon marché de ses remords et se laisse emporter par sa passion adultère. Mais, moins perverse que Renée, elle se résigne à l'abandon de son amant, après avoir éprouvé les tourments de la jalousie à le voir courtiser et en épouser une autre.

5

ANNEXES

La Curée paraît en feuilleton dans le journal *La Cloche*, à partir du 29 septembre 1871. Zola, ayant été averti par le procureur de la République des nombreuses dénonciations qu'il recevait, décide d'interrompre la publication de son roman le 6 novembre, soit au tiers du chapitre IV, juste avant la scène de l'inceste du café Riche. Il proteste vigoureusement contre cette pression de la censure dans une lettre ouverte publiée dans le journal : « Je m'habitue difficilement à cette idée que c'est un procureur de la République qui m'a averti du danger offert par cette satire de l'Empire. » Il ajoute : « Nous nous croyons trop les défenseurs de la morale. Nous ne pouvons pas accepter cette idée que les vraies pudeurs se gardent toutes seules, et qu'elles n'ont pas besoin de gendarmes. »

Une « lectrice de *La Cloche* », au contraire, qui trouve le feuilleton « de la plus outrageante immoralité » et s'indigne de « ces ordures d'alcôve », se félicite de cette interruption car « un écrivain littéraire, consciencieux et surtout de mérite, est celui qui n'écrit que des pages que tous peuvent lire ». Dans la presse conservatrice, on voit en Zola un écrivain obscène « qui se croit réaliste et n'est que malpropre ».

Zola revient souvent sur la question de la morale en littérature, car elle met en question sa conception du roman. En septembre 1872, dans un article, il affirme, par exemple :

> « Il y a assurément deux morales : la morale commune, avec laquelle il est des accommodements, et la morale littéraire, pudique, personne condamnée aux robes montantes. (...) Silence sur nos ordures ! (...) Volez, prenez les femmes des autres, vivez dans le contentement de tous les appétits, entrez dans la monstruosité. C'est bien ! Vous êtes un homme, vos frères en faiblesse vous pardonneront. (...) Faites, mais n'écrivez pas. »

■ L'adaptation théâtrale

En 1880, sur la demande de Sarah Bernhardt, Zola tire de *La Curée* une pièce de théâtre, *Renée*. La pièce est refusée par plusieurs théâtres et par l'actrice elle-même, effrayée par le sujet. Elle est finalement montée en 1887.

Séduite par un homme marié, Renée conclut avec Saccard un mariage blanc. Saccard peut commencer à faire des affaires avec l'argent que cette transaction lui rapporte. Renée mène une vie fastueuse mais elle s'ennuie. Le projet de mariage de son beau-fils Maxime avec une riche héritière lui révèle l'amour qu'elle a pour lui. Exaspérée par la jalousie, elle devient sa maîtresse (acte III). Saccard tombe amoureux de sa femme. Il réclame ses droits de mari dans une scène très dramatique, Renée se refuse. Il la fait épier par la gouvernante. À l'acte V, trahie par cette dernière, Renée est surprise par son mari dans les bras de Maxime. Elle accuse violemment les deux hommes de l'avoir salie et trahie. Elle se tue.

Zola, dans cette adaptation, atténue la noirceur des personnages. Saccard est plus un ambitieux qu'un aventurier. La fiancée de Maxime, au contraire de Louise de Mareuil dans le roman, est une jeune fille idéale. Renée n'est pas adultère, son amour incestueux la déchire. Mais le dramaturge renforce les effets mélodramatiques : Saccard, en proie à la jalousie, fait irruption chez Renée revolver au poing, dans l'intention de tuer son amant. Il s'effondre à la découverte de Maxime. Renée s'empare du revolver et le décharge sur elle-même. Elle meurt en implorant le pardon de son père.

La pièce déçoit : « Il est impossible de ne pas reconnaître la marque puissante du talent de M. Zola, écrit un critique. [La pièce] n'a cependant pas réussi complètement. On avait parlé de la hardiesse du sujet et de la crudité du style. Ce drame n'est pourtant ni cru, ni hardi. Je lui reprocherais plutôt cette sorte de mollesse et d'incertitude empêtrée, qui est le signe des œuvres conçues sans netteté. »

Zola, à son habitude, se défend vigoureusement contre les critiques et publie une préface à l'édition en volume de sa pièce. Mais il est conscient d'avoir « abâtardi » et « compliqué » son œuvre et n'écrira plus pour le théâtre.

▪ Jugements sur *La Curée*

Contemporains de Zola

Anatole France souligne l'art de Zola à peindre les personnages dans un milieu qui les reflète :

> « M. Zola anime les objets, il donne à la lumière, aux arbres, aux fauteuils, aux lampes, aux papiers de tenture, des désirs, des pensées, des volontés ; il fait que tous ces objets pressent, poussent, contraignent la pauvre machine organique qui devient de la sorte de plus en plus idiote ou nuisible sous leur action.

Il y a dans *La Curée* des rideaux roses qui sont vivants, émus, sensuels, charnels, qui palpitent, se pâment, et sont la raison première et la cause suffisante des désordres qu'ils enveloppent. Le plus actif personnage de *La Curée* est, peu s'en faut, un Tanghin de Madagascar qui sécrète ses poisons dans une serre chaude. »

Louis Desprez, dans *L'Évolution naturaliste* (1883) replace l'œuvre dans son contexte historique :

« *La Curée* date du lendemain de la guerre. Le romancier, trop près encore de l'Empire, a écrit dans ces heures de grossissement où l'œil le meilleur ne voit pas juste ; rien d'étonnant qu'il ait donné un relief exagéré à ses tableaux du Bas-Empire. Maxime, l'Hippolyte de *La Curée*, efféminé, eunuque moral, emblème d'un règne mort est une mesquine figure, à côté de Renée, étrange et fascinatrice qui emplit tout le roman de sa beauté morbide et de ses amours incestueuses. Tout ce qui entoure les acteurs de cette tragédie bourgeoise conserve d'eux je ne sais quel relent, à la fois musqué et fade, une odeur de perversité. (...)

La prose du romancier enveloppe si étroitement sa pensée qu'elle en suit tous les contours avec une infinie précision ; elle a des tons de chair, roses et nacrés, ou parfois hirsute et raidie, elle nous fait sentir les piquants des arbustes qui distillent dans la serre leurs poisons subtils (...). Il faut à ces sentiments excessifs une expression excessive. (...) À côté des emportements malsains d'une chair détraquée, les démolitions colossales, Paris éventré par les spéculateurs, la danse de l'argent, les vols effrontés des tripoteurs. Certaines pages ont une couleur jaune de pièces d'or et rendent un son clair de métal. »

▪ Jugements modernes

Philippe Berthier insiste sur le rôle joué par la serre et l'imaginaire végétal dans l'économie du roman :

> « (...) Tout se passe comme si la serre disait la vérité de la chambre, en avouait à l'état brut, sauvage, primitif, archaïque, le secret occulté par les ornements trop humains, le luxe trop civilisé. Il faut que les amants descendent à la serre pour se ressourcer, au contact du sol, dans le mystère originaire de la végétation, qui a partie liée, obscurément mais impérieusement, avec l'efflorescence de l'Éros. En fait, les signes en sont dispersés dans tout l'hôtel : sur la façade du jardin s'entrelace un fouillis de feuillage, les rameaux et les fleurs s'enroulent capricieusement ; dans les appartements, les plantes rares sont partout présentes, elles sont même répandues en effigies sur les tapis ou les rideaux ; la demeure entière est un bouquet. Mais dans la serre il s'agit d'autre chose ; la concentration des plantes y atteint une énergie suffocante, comme si dans cet enclos on s'était attaché à composer jusqu'à saturation une collection non seulement de l'étrangeté, mais surtout de l'intensité de l'imaginaire végétal. Renée constitue la serre en ersatz de sa chambre, mais beaucoup plus fort que l'original, parce que la mettant directement en relation avec une hystérie naturelle, qui puise sa violence dans les sucs profonds, inconnus, exotiques et fouette d'une inspiration inédite son inassouvissement et sa névrose,... »
> Philippe Berthier, « Hôtel Saccard ; état des lieux », in La Curée *ou « la vie à outrance »*, SEDES, 1987, p. 113.

Claude Duchet juge la vision du Second Empire donnée par Zola :

> « Infidèle, déjà, à son projet « naturaliste », Zola fait moins dans *La Curée*, une étude de personnages placés dans un milieu que l'étude d'un milieu placé dans des personnages. La mouvance symbolique des mots et des images fait constamment passer d'un plan à l'autre et donne au roman une unité un peu fallacieuse, un peu en trompe l'œil, puisque l'écriture reste, en son principe, idéologique autant que poétique, et qu'une certaine outrance de l'expression doit y tenir lieu de démonstration. Ou, si l'on veut, par un renversement de perspective, la physiologie devient littérature et l'hérédité justice immanente.

(..) Du positivisme, [Zola] garde l'idéologie de la science, sans souscrire vraiment à celle du progrès. La civilisation est pour lui comme une serre chaude où la nature est forcée. L'image même de la curée est fallacieuse puisqu'elle impose celle d'une fin de chasse et d'une mise à mort. Mais à travers l'Empire aussi l'histoire fait sa trouée : l'argent circule et s'investit, les emprunts sont souscrits, la France se dégage de sa gangue paysanne, Paris s'accroît, le prolétariat commence à s'organiser, le pays mue. Tout ce bruit de mâchoires dénote des appétits sans doute, et des cupidités, mais aussi la vie d'un organisme. La jungle a ses lois darwiniennes, mais mangeurs et mangés font partie du cycle par quoi s'accomplit la marche des choses. Le chacun pour soi de ces hommes nouveaux est un moment de la civilisation, non sa catastrophe. » Claude Duchet, Préface à *La Curée*, G.-F., p. 21, 23-24.

ORIENTATIONS BIBLIOGRAPHIQUES

▪ Œuvres de Zola

Les volumes composant la série des *Rougon-Macquart* sont disponibles dans les diverses collections de poche.

On pourra ainsi consulter :

• Émile ZOLA, *Les Rougon-Macquart*, 5 vol., Paris, Laffont, coll. « Bouquins » (avec notes et dossiers des œuvres).

▪ Études générales

• BAGULEY, David, *Zola et les genres*, Paris, Nathan, 1996.

• BECKER, Colette, *Zola en toutes lettres*, Paris, Bordas, 1990.

• BECKER, Colette, *Émile Zola*, Paris, Hachette, 1993, avec une anthologie de textes critiques de Zola.

• BERTRAND-JENNINGS, Chantal, *L'Éros et la femme chez Zola. De la chute au paradis retrouvé*, Paris, Klincksieck, 1977.

• BORIE, Jean, *Zola et les mythes ou De la nausée au salut*, Paris, Seuil, 1971.

• DELAZAY, Auguste, *L'Opéra des* Rougon-Macquart. *Essai de rythmologie romanesque*, Paris, Klincksieck, 1983.

• HAMON, Philippe, *Le Personnel du roman. Le système des personnages dans* les Rougon-Macquart *d'Émile Zola*, Paris, Droz, 1983.

• MITTERAND, Henri, *Zola. L'histoire et la fiction*, Paris, PUF, 1990.

• RIPOLL, Roger, *Réalité et mythe chez Zola*, Paris, Champion, 1981.

■ Études sur *La Curée*

• *La Curée de Zola ou « la vie à outrance »*, Actes du colloque du 10 janvier 1987, Paris, SEDES, 1987.

• ALCORN, Clayton, « *La Curée* : les deux Renée Saccard », in *Les Cahiers naturalistes*, n° 51, 1977, p. 49-55.

• BECKER, Colette, « Les “machines à pièces de cent sous” des Rougon », *Romantisme*, n° 40, 1983, p. 295-312.

• BECKER, Colette, LEDUC-ADINE, Jean-Pierre et MITTERAND, Henri, *Genèse, structure et style de* La Curée, Paris, SEDES, 1987.

• CABANÈS, Jean-Louis, « Le corps sensible et l'espace romanesque dans *La Curée* », *Littératures*, n° 15, automne 1986.

• GIRARD, Louis, *La Politique des travaux publics sous le Second Empire*, Paris, Armand Colin, 1952.

• MATORÉ, Georges, « Le vocabulaire des sensations dans *La Curée* », *L'Information grammaticale*, n° 31, octobre 1986.

• PIHAN, Yves, « Lecture suivie de *La Curée* », *L'École des Lettres*, n°s 1, 2, 3, 1974-1975.

■ Adaptation cinématographique

• *La Curée*, par Roger Vadim, 1965, adaptation par Jean Cau, avec Jane Fonda (Renée) et Michel Piccoli (Saccard).

Aubin Imprimeur, 86240 Ligugé. — D.L. août 1999. — Impr. L 58726